Œuvres & thèmes

Collection dirigée par Hélène Potelet et Georges Décote

Guy de Maupassant

Bel-Ami

classiques Hatier

Un genre

Le roman

Marigold Bobbio,
certifiée de lettres classiques

Paris 2004
ISBN 978-2-218-**74722**-9
ISSN 0184 0851

Hatier

L'air du temps

Bel-Ami

■ Maupassant fait paraître *Bel-Ami* en 1885. C'est son deuxième roman après *Une vie* (1883) et de nombreuses nouvelles qui, depuis 1880, lui ont apporté le succès. Il inscrit ses récits dans un cadre réaliste : paysans normands, petite bourgeoisie parisienne… ou fantastique. Pour *Bel-Ami*, il choisit Paris et le journalisme qu'il connaît bien pour avoir collaboré à deux journaux de l'époque, *Gil Blas* et *Le Gaulois*.

■ Depuis 1870, les débuts de la IIIe République sont une période de développement industriel et de conquête coloniale.

À la même époque…

■ En 1881, après la conquête de l'Algérie (1830-1870), la France établit un protectorat sur la Tunisie.

■ Le 29 juillet 1881 est votée la loi sur la liberté de la presse.

■ En 1882 éclate le scandale de l'Union générale, banque d'affaires qui fait faillite.

■ En 1881, Auguste Renoir peint *Le déjeuner des canotiers* et en 1882, Édouard Manet peint *Un bar aux Folies-Bergère*.

Sommaire

Introduction

Guy de Maupassant (1850-1893)

La formation

Guy de Maupassant naît en Normandie en 1850 de Laure de Poittevin, qui est la sœur du meilleur ami de Gustave Flaubert (1821-1880), et de Gustave de Maupassant, de noblesse récente. Alors qu'il n'est qu'un enfant, ses parents se séparent. Lui et son frère cadet Hervé sont élevés par leur mère à Étretat où Guy apprend à connaître les paysans normands et les joies de la mer. À douze ans, sa mère l'envoie étudier dans une institution religieuse à Yvetot, d'où il se fera renvoyer. Il finit ses études secondaires à Rouen. Dès cette époque, il se rend à Croisset, chez l'auteur de *Madame Bovary* et de *Salammbô*, Gustave Flaubert, qui le conseille pour ses premiers essais d'écriture.

Portrait de Guy de Maupassant par Nadar.

En 1870, il est mobilisé pendant la guerre franco-allemande. Il assiste à la déroute de l'armée française, découvre les horreurs de la guerre et l'incapacité des dirigeants.

De 1872 à 1880, il est employé au ministère de la Marine, puis de l'Instruction publique où il s'ennuie, mais observe attentivement l'univers des petits employés parisiens. Le dimanche, il fréquente les bords de Seine. Dès 1874, Flaubert lui fait connaître de nombreux écrivains : Émile Zola (1840-1902), Alphonse Daudet (1840-1897), Joris Karl Huysmans (1848-1907), Edmond (1822-1896) et Jules de Goncourt (1830-1870), l'auteur russe Ivan Tourgueniev (1818-1883)... Il rédige ses premiers contes (*La Main d'écorché*) en 1875.

Un journaliste, un conteur et un romancier

Flaubert meurt en 1880. Cette année-là, Maupassant connaît son premier succès avec la publication de *Boule de suif*, une longue nouvelle mettant en scène une prostituée qui seule se comporte dignement face à un officier prussien. Cette nouvelle ouvre un recueil élaboré à l'initiative de Zola, *Les Soirées de Médan*, regroupant des œuvres d'écrivains se réclamant du naturalisme. Maupassant continue à écrire des contes et des nouvelles (plus de trois cents) qu'il publie d'abord dans des journaux, *Gil Blas*, *Le Gaulois*, *Le Figaro*, puis en recueils.

Il collabore également à ces journaux en fournissant de nombreuses chroniques et des récits de voyage. Il se rend en Algérie, dans le Midi, en Corse, en Italie, en Tunisie… et écrit de nombreux reportages.

Dès 1877, il met en route la rédaction d'un roman, *Une vie*, publié en 1883, qui raconte les désillusions de l'héroïne, Jeanne, fille d'aristocrates normands. Puis il publie cinq autres romans, *Bel-Ami* (1885), *Mont-Oriol* (1887), *Pierre et Jean* (1888), *Fort comme la mort* (1889), *Notre cœur* (1890).

La fin de sa vie est très difficile. Il souffre de plus en plus d'une syphilis contractée dans sa jeunesse : maux de tête, troubles oculaires… Son frère Hervé meurt fou en 1889. Lui-même voit son état s'aggraver à partir de 1890 : hallucinations, incapacité d'écrire et même de parler. Il fait une tentative de suicide en 1892 puis est interné dans la clinique du docteur Blanche. Il y meurt le 6 juillet 1893.

Réalisme, naturalisme et fantastique

Une grande partie de l'œuvre de Maupassant, en particulier les romans, relève du réalisme et même du naturalisme. Les écrivains réalistes, depuis Balzac (1799-1850) et avec des nuances, veulent offrir dans leurs œuvres une représentation du réel et s'appuient sur l'observation précise du monde et de la société qui les entourent. En 1865, les frères Goncourt puis Zola veulent compléter leur analyse du monde contemporain et présenter des personnages appartenant à toutes les couches de la société, y compris les plus basses, en s'appuyant sur les découvertes et les méthodes scientifiques : médecine expérimentale, recherches sur l'hérédité.

En participant aux *Soirées de Médan*, Maupassant se présente d'abord comme un écrivain naturaliste, mais il nuance ensuite sa position et, en 1888, insiste dans la préface de *Pierre et Jean* sur l'importance du travail de l'artiste : « Faire vrai consiste donc à donner l'illusion complète du vrai, suivant la logique ordinaire des faits, et non à les transcrire servilement dans le pêle-mêle de leur succession. J'en conclus que les Réalistes de talent devraient plutôt s'appeler des Illusionnistes. »
Maupassant explore aussi le domaine du fantastique dans de nombreuses nouvelles (*Sur l'eau, Lui ?, Le Horla*...) qui exploitent les thèmes de la folie, du double et du fantôme. Il analyse cet aspect de son œuvre dans une chronique de 1883 : « L'écrivain a cherché les nuances, a rôdé autour du surnaturel plutôt que d'y pénétrer. Il a trouvé des effets terribles en demeurant sur la limite du possible, en jetant les âmes dans l'hésitation, dans l'effarement. »

Bel-Ami

Avec *Bel-Ami*, Maupassant raconte l'histoire de l'extraordinaire ascension sociale d'un homme sans scrupules qui se sert de son pouvoir de séduction sur les femmes pour parvenir au sommet de la puissance et de la richesse. Georges Duroy, dont le plus souvent le lecteur partage le point de vue, petit employé de bureau aux Chemins de fer du Nord au début du roman, devient reporter, puis chef des Échos, puis responsable de la rubrique politique du journal *La Vie Française* dirigé par le banquier Walter. Devenu baron Du Roy de Cantel, son avenir est tracé : futur député, futur ministre.
Maupassant montre ainsi le pouvoir acquis par la presse dans la vie politique française de l'époque. Son roman présente un journal imaginaire, des personnages et même un événement politique fictifs (une intervention française au Maroc) mais, en dénonçant la réelle alliance du journalisme avec les milieux de la banque et du pouvoir, il suscite de nombreuses critiques.
Quant au destin du personnage, il illustre le pessimisme de Maupassant : si en apparence tout sourit à Georges Duroy, ce succès est dû à une suite de calculs et d'actes immoraux. La réussite sociale ne peut avoir lieu qu'au détriment des autres.

Guy de Maupassant

Bel-Ami

Extrait 1

« ... Georges Duroy sortit du restaurant. »

Quand la caissière lui eut rendu la monnaie de sa pièce de cent sous, Georges Duroy sortit du restaurant.

Comme il portait beau[1], par nature et par pose[2] d'ancien sous-officier, il cambra sa taille, frisa sa moustache d'un geste militaire et familier, et jeta sur les dîneurs attardés un regard rapide et circulaire, un de ces regards de joli garçon, qui s'étendent comme des coups d'épervier[3].

Les femmes avaient levé la tête vers lui, trois petites ouvrières, une maîtresse de musique entre deux âges, mal peignée, négligée, coiffée d'un chapeau toujours poussiéreux et vêtue d'une robe toujours de travers, et deux bourgeoises avec leurs maris, habituées de cette gargote[4] à prix fixe.

Lorsqu'il fut sur le trottoir, il demeura un instant immobile, se demandant ce qu'il allait faire. On était au 28 juin, et il lui restait juste en poche trois francs quarante pour finir le mois. Cela représentait deux dîners sans déjeuners, ou deux déjeuners sans dîners, au choix. Il réfléchit que les repas du matin étant de vingt-deux sous, au lieu de trente que coûtaient ceux du soir, il lui resterait, en se contentant des déjeuners, un franc vingt centimes de boni[5], ce qui représentait encore deux collations[6] au pain et au saucisson, plus deux bocks[7] sur le boulevard. C'était là sa grande dépense et son grand

1. Avait belle allure (expression d'abord utilisée pour les chevaux).
2. Attitude (avec l'idée qu'on recherche cette attitude, péjoratif).
3. Filet de pêche conique, qu'on lance pour prendre le poisson.
4. Petit restaurant bon marché.
5. Économie de dépenses, surplus de recettes.
6. Repas légers, que l'on prend à toute heure.
7. Verres à bière contenant environ un quart de litre, contenu de ces verres.

plaisir des nuits; et il se mit à descendre la rue Notre-Dame de Lorette.

Il marchait ainsi qu'au temps où il portait l'uniforme des hussards[8], la poitrine bombée, les jambes un peu entr'ouvertes comme s'il venait de descendre de cheval; et il avançait brutalement dans la rue pleine de monde, heurtant les épaules, poussant les gens pour ne point se déranger[9] de sa route. Il inclinait légèrement sur l'oreille son chapeau à haute forme assez défraîchi, et battait le pavé de son talon. Il avait l'air de toujours défier quelqu'un, les passants, les maisons, la ville entière, par chic[10] de beau soldat tombé dans le civil.

Quoique habillé d'un complet de soixante francs, il gardait une certaine élégance tapageuse[11], un peu commune, réelle cependant. Grand, bien fait, blond, d'un blond châtain vaguement roussi, avec une moustache retroussée, qui semblait mousser sur sa lèvre, des yeux bleus, clairs, troués d'une pupille toute petite, des cheveux frisés naturellement, separés par une raie au milieu du crâne, il ressemblait bien au mauvais sujet des romans populaires.

C'était une de ces soirées d'été où l'air manque dans Paris. La ville, chaude comme une étuve[12], paraissait suer dans la nuit étouffante. Les égouts soufflaient par leurs bouches de granit leurs haleines empestées, et les cuisines souterraines jetaient à la rue, par leurs fenêtres basses, les miasmes[13] infâmes des eaux de vaisselle et des vieilles sauces.

Les concierges, en manches de chemise, à cheval sur des chaises de paille, fumaient la pipe sous les portes cochères, et les passants allaient d'un pas accablé, le front nu, le chapeau à la main.

8. Soldats d'un corps de cavalerie.
9. Se détourner.
10. Nom commun ici: attitude élégante et désinvolte.
11. Qui se fait remarquer, voyante.
12. Endroit clos dont on élève la température pour provoquer la sudation, lieu où il fait très chaud.
13. Émanations d'éléments en décomposition, mauvaises odeurs.

Quand Georges Duroy parvint au boulevard, il s'arrêta encore, indécis sur ce qu'il allait faire. Il avait envie maintenant de gagner les Champs-Élysées et l'avenue du Bois de Boulogne pour trouver un peu d'air frais sous les arbres ; mais un désir aussi le travaillait, celui d'une rencontre amoureuse.

Comment se présenterait-elle ? Il n'en savait rien, mais il l'attendait depuis trois mois, tous les jours, tous les soirs. Quelquefois cependant, grâce à sa belle mine et à sa tournure galante[14], il volait, par-ci par-là, un peu d'amour, mais il espérait toujours plus et mieux.

La poche vide et le sang bouillant, il s'allumait au contact des rôdeuses[15] qui murmurent à l'angle des rues : « Venez-vous chez moi, joli garçon ? » mais il n'osait les suivre, ne les pouvant payer ; et il attendait aussi autre chose, d'autres baisers, moins vulgaires.

Extrait de la première partie, chapitre I.

Jean Béraud (1849-1935), *Sur le Boulevard*, huile sur toile, musée Carnavalet, Paris.

14. Gracieuse, élégante.
15. Prostituées.

Repérer et analyser

Le narrateur

Le statut du narrateur

L'auteur est la personne réelle qui a écrit le texte. Le narrateur est celui qui a la charge de raconter l'histoire.
Identifier le statut du narrateur, c'est dire s'il est ou non personnage de l'histoire qu'il raconte :
- s'il est personnage de l'histoire, il mène le récit à la première personne du singulier ;
- s'il ne l'est pas, il mène le récit à la troisième personne. Il peut toutefois intervenir dans le récit par des commentaires.

1 **a.** Qui est l'auteur du roman *Bel-Ami* ?
b. À quelle personne le narrateur mène-t-il le récit ? Qu'en déduisez-vous sur son statut ?

Les temps du récit

Le narrateur peut mener le récit au système temps présent (temps de référence : présent) ou au système temps passé (temps de référence : passé).

2 Le narrateur mène-t-il le récit aux temps du présent (temps de référence : présent) ou aux temps du passé (temps de référence : passé simple) ? Justifiez votre réponse.

L'incipit

Le début d'un roman (ou incipit) peut montrer le ou les personnages en plein milieu d'une action. Le lecteur fait la connaissance du ou des personnages en train d'agir sans aucune explication préalable : il s'agit alors d'un début *in medias res*. Cette expression latine signifie « en plein sujet, au milieu des événements ».

3 **a.** Quel est le personnage dont il est question dès la première phrase ?
b. De quel lieu sort-il ? Montrez, en vous appuyant sur le texte, que ce personnage est saisi en pleine action.

Le cadre spatio-temporel

4 Dans quelle ville l'action se situe-t-elle ? Quelles sont les rues citées ? S'agit-il de lieux existants dans la réalité ? Vérifiez sur le plan p. 14.

5 **a.** Quels sont le jour et le moment de la journée ?
b. Quelles sont les conditions météorologiques ? Appuyez-vous sur des expressions précises et le comportement des habitants.

Le début d'un parcours

La situation initiale du personnage

6 Dans quelle situation financière et sentimentale Georges Duroy se trouve-t-il au début de ce roman ? Pour répondre :
a. appuyez-vous sur le champ lexical de l'argent ;
b. relevez dans le troisième paragraphe le terme qui désigne le restaurant fréquenté par Duroy ainsi que les mots et expressions qui en caractérisent les clients. Quelle image est donnée du lieu ?
c. relevez les termes qui caractérisent les vêtements de Duroy ;
d. relevez les passages où il est question de ses rapports aux femmes : le personnage connaît-il l'amour ?

7 À partir de vos réponses, dites si le personnage est en position d'infériorité ou de supériorité. Quels sont ses désirs et ses aspirations ?

Son portrait

8 Relevez les mots et expressions qui caractérisent le physique de Georges Duroy. Son physique constitue-t-il un atout pour lui ?

9 **a.** Relevez et expliquez la comparaison utilisée pour qualifier son regard (l. 3 à 7). Quelle image donne-t-elle du personnage ?
b. Relisez la phrase, lignes 36 à 41. Relevez l'adjectif qui se réfère au feu et rapprochez-le de l'expression « le sang bouillant, il s'allumait… » (l. 62) : quel tempérament ce relevé traduit-il ?
c. Relevez les expressions qui ont trait à la démarche. Quel écart y a-t-il entre son apparence vestimentaire et sa façon de marcher ? Quel trait de caractère cela révèle-t-il ?
d. Quelle image le narrateur donne-t-il encore de lui lorsqu'il dit qu'il « ressemblait bien au mauvais sujet des romans populaires » (l. 40) ?

Les jeux de regard

10 **a.** Quels sont les premiers personnages qui regardent Duroy ?
b. Montrez, en citant le texte, que lui aussi regarde les autres. Qui regarde-t-il et de quelle façon ?

Le point de vue

Identifier le point de vue, c'est dire sous quel angle le narrateur raconte (point de vue narratif) ou donne à voir (point de vue descriptif) en se posant les questions suivantes : qui sait ? qui voit ?
Le narrateur peut adopter un point de vue :
– omniscient : il témoigne d'une connaissance parfaite des lieux, du temps, des circonstances, des sentiments et pensées des personnages, de leur passé…
– interne : il limite l'information à ce que sait, pense ou voit un personnage ;
– externe : il limite l'information à ce que pourrait voir un témoin extérieur.
Le récit est souvent mené selon un point de vue dominant, mais le narrateur peut varier les points de vue dans un même passage.

11 **a.** Montrez, en citant des indices précis, que le point de vue dominant est omniscient. Quelles informations sont fournies au lecteur par l'utilisation de ce point de vue ? Citez-en quelques-unes.
b. Repérez un passage dans lequel le narrateur adopte le point de vue de son personnage. Quel est l'intérêt pour le lecteur du passage au point de vue interne ?

La visée et les hypothèses de lecture

12 Au terme de votre analyse, faites le point sur le début de ce parcours :
a. quelle première image le lecteur a-t-il de Duroy ? Quels sont ses manques ? ses atouts ? Le personnage est-il sympathique ?
b. quelle place les femmes tiennent-elles dès le début du roman ? Quelle place pourront-elles avoir dans le parcours de Duroy ?

13 Formulez quelques hypothèses sur ce qui peut arriver à Duroy dans une suite immédiate.

Écrire

Écrire un portrait

14 Rédigez le portrait d'un(e) de vos ami(e)s en imitant le paragraphe suivant : « Quoique habillé […] des romans populaires. » (l. 34 à 41). Vous choisirez l'image que vous souhaitez donner de cet(te) ami(e).

Se documenter

La monnaie au XIXe siècle

« Monnaie » vient du latin « moneta » qui signifie « qui avertit », épithète de la déesse Junon à Rome. C'est dans son temple qu'étaient frappées les pièces romaines. Comme tous les Français de son époque, Duroy utilise des francs. Créé en 1795, pendant la Révolution, et divisé en 100 centimes, le franc remplace officiellement le louis d'or de l'Ancien Régime, qui continue à circuler. En 1803, Napoléon Bonaparte fait frapper des monnaies d'argent de 1, 2 et 5 F et des pièces d'or de 40 et 20 F (le « napoléon »). Ce système monétaire perdurera jusqu'à la Première Guerre mondiale. La pièce d'or de 20 F est la plus courante : on continue à l'appeler un louis d'or ou, familièrement, un jaunet. Les petites sommes s'expriment souvent en sous (20 sous = 1 F). Il existe aussi une monnaie papier, mais les billets de banque sont utilisés par une minorité d'hommes d'affaires.

Le Paris de *Bel-Ami*

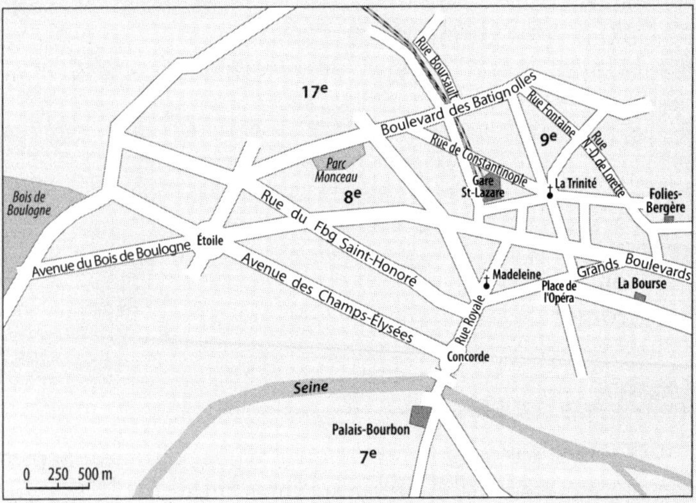

Extrait 2

« Il s'écria tout haut : "Tiens, Forestier !" »

Georges Duroy se dirige vers la Madeleine. Il est torturé par la soif et le désir de boire un autre bock. Il regrette d'avoir quitté son poste de sous-officier en Algérie, alors colonie française.

Comme il arrivait au coin de la place de l'Opéra, il croisa un gros jeune homme, dont il se rappela vaguement avoir vu la tête quelque part.

Il se mit à le suivre, en cherchant dans ses souvenirs, et répétant à mi-voix : « Où diable ai-je connu ce particulier-là[1] ? »

Il fouillait dans sa pensée sans parvenir à se le rappeler ; puis, tout d'un coup, par un singulier phénomène de mémoire, le même homme lui apparut, moins gros, plus jeune, vêtu d'un uniforme de hussard. Il s'écria tout haut : « Tiens, Forestier ! » et, allongeant le pas, il alla frapper sur l'épaule du marcheur. L'autre se retourna, le regarda, puis dit : – Qu'est-ce que vous me voulez, Monsieur ?

Duroy se mit à rire : – Tu ne me reconnais pas ?

– Non.

– Georges Duroy, du sixième hussards[2].

Forestier tendit les deux mains : – Ah ! mon vieux ! comment vas-tu ?

– Très bien, et toi ?

– Oh ! moi, pas trop ; figure-toi que j'ai une poitrine de papier mâché[3] maintenant ; je tousse six mois sur douze, à la suite

1. Cet individu (terme familier qui a vieilli).
2. Sixième régiment de hussards.
3. Expression indiquant la fatigue ou une mauvaise santé.

d'une bronchite que j'ai attrapée à Bougival[4], l'année de mon retour à Paris, voici quatre ans, maintenant.

– Tiens ! tu as l'air solide, pourtant.

Et Forestier, prenant le bras de son ancien camarade, lui parla de sa maladie, lui raconta les consultations, les opinions et les conseils des médecins, la difficulté de suivre leurs avis dans sa position. On lui ordonnait de passer l'hiver dans le Midi ; mais le pouvait-il ? Il était marié et journaliste, dans une belle situation.

– Je dirige la politique[5] à *La Vie Française*. Je fais le Sénat[6] au *Salut*, et, de temps en temps, des chroniques littéraires pour *La Planète*. Voilà. J'ai fait mon chemin.

Duroy, surpris, le regardait. Il était bien changé, bien mûri. Il avait maintenant une allure, une tenue, un costume d'homme posé[7], sûr de lui, et un ventre d'homme qui dîne bien. Autrefois il était maigre, mince et souple, étourdi, casseur d'assiettes, tapageur et toujours en train[8]. En trois ans Paris en avait fait quelqu'un de tout autre, de gros et de sérieux, avec quelques cheveux blancs sur les tempes, bien qu'il n'eût pas plus de vingt-sept ans.

Forestier demanda : – Où vas-tu ?

Duroy répondit : – Nulle part, je fais un tour avant de rentrer.

– Eh bien, veux-tu m'accompagner à *La Vie Française*, où j'ai des épreuves[9] à corriger ; puis nous irons prendre un bock ensemble ?

– Je te suis.

Et ils se mirent à marcher en se tenant par le bras, avec cette familiarité facile qui subsiste entre compagnons d'école et entre camarades de régiment.

4. À 12 km à l'Ouest de Paris. Au XIXe siècle, les Parisiens venaient y passer le dimanche.
5. La rubrique politique.
6. Je fais les comptes rendus des séances du Sénat.
7. Qui jouit d'une position sociale assise et confortable (terme vieilli).
8. Dans une disposition agréable ou gaie.
9. Texte imprimé d'un manuscrit qui sert aux corrections, avant impression.

– Qu'est-ce que tu fais à Paris ? dit Forestier.

Duroy haussa les épaules : – Je crève de faim, tout simplement. Une fois mon temps fini, j'ai voulu venir ici pour… pour faire fortune ou plutôt pour vivre à Paris ; et voilà six mois que je suis employé aux bureaux du chemin de fer du Nord, à quinze cents francs par an, rien de plus.

Forestier murmura : – Bigre, ça n'est pas gras.

– Je te crois. Mais comment veux-tu que je m'en tire ? Je suis seul, je ne connais personne, je ne peux me recommander de personne. Ce n'est pas la bonne volonté qui manque, mais les moyens.

Son camarade le regarda des pieds à la tête, en homme pratique, qui juge un sujet, puis il prononça d'un ton convaincu : – Vois-tu, mon petit, tout dépend de l'aplomb[10], ici. Un homme un peu malin devient plus facilement ministre que chef de bureau. Il faut s'imposer et non pas demander. Mais comment diable n'as-tu pas trouvé mieux qu'une place d'employé au Nord ?

Duroy reprit : – J'ai cherché partout, je n'ai rien découvert. Mais j'ai quelque chose en vue en ce moment, on m'offre d'entrer comme écuyer au manège Pellerin[11]. Là, j'aurai, au bas mot, trois mille francs.

Forestier s'arrêta net : – Ne fais pas ça, c'est stupide, quand tu devrais gagner dix mille francs. Tu te fermes l'avenir du coup. Dans ton bureau, au moins tu es caché, personne ne te connaît, tu peux en sortir si tu es fort, et faire ton chemin. Mais, une fois écuyer, c'est fini. C'est comme si tu étais maître d'hôtel dans une maison où Tout-Paris va dîner. Quand tu auras donné des leçons d'équitation aux hommes du monde ou à leurs fils, ils ne pourront plus s'accoutumer à te considérer comme leur égal.

Il se tut, réfléchit quelques secondes, puis demanda :

10. Assurance, confiance en soi. | **11.** Il s'agit de devenir professeur d'équitation.

– Es-tu bachelier ?

– Non. J'ai échoué deux fois.

– Ça ne fait rien, du moment que tu as poussé tes études jusqu'au bout. Si on parle de Cicéron ou de Tibère, tu sais à peu près ce que c'est ?

– Oui, à peu près.

– Bon, personne n'en sait davantage, à l'exception d'une vingtaine d'imbéciles qui ne sont pas fichus de se tirer d'affaire. Ça n'est pas difficile de passer pour fort, va ; le tout est de ne pas se faire pincer en flagrant délit d'ignorance. On manœuvre, on esquive la difficulté, on tourne l'obstacle, et on colle les autres au moyen d'un dictionnaire. Tous les hommes sont bêtes comme des oies et ignorants comme des carpes.

Il parlait en gaillard tranquille qui connaît la vie, et il souriait en regardant passer la foule. Mais tout d'un coup il se mit à tousser, et s'arrêta pour laisser finir la quinte, puis, d'un ton découragé : – Est-ce pas assommant de ne pouvoir se débarrasser de cette bronchite ? Et nous sommes en plein été. Oh ! cet hiver, j'irai me guérir à Menton. Tant pis, ma foi, la santé avant tout.

Ils arrivèrent au boulevard Poissonnière, devant une grande porte vitrée, derrière laquelle un journal ouvert était collé sur ses deux faces. Trois personnes arrêtées le lisaient.

Au-dessus de la porte s'étalait, comme un appel, en grandes lettres de feu dessinées par des flammes de gaz[12] : *La Vie Française*. Et les promeneurs passant brusquement dans la clarté que jetaient ces trois mots éclatants, apparaissaient tout à coup en pleine lumière, visibles, clairs et nets comme au milieu du jour, puis rentraient aussitôt dans l'ombre.

Forestier poussa cette porte : – Entre, dit-il. Duroy entra, monta un escalier luxueux et sale que toute la rue voyait,

12. En 1880, l'éclairage à l'électricité n'est pas encore généralisé.

parvint dans une antichambre, dont les deux garçons de bureau saluèrent son camarade, puis s'arrêta dans une sorte de salon d'attente, poussiéreux et fripé, tendu de faux velours d'un vert pisseux, criblé de taches et rongé par endroits, comme si des souris l'eussent grignoté.

– Assieds-toi, dit Forestier, je reviens dans cinq minutes.

Et il disparut par une des trois sorties qui donnaient dans ce cabinet.

Une odeur étrange, particulière, inexprimable, l'odeur des salles de rédaction flottait dans ce lieu. Duroy demeurait immobile, un peu intimidé, surpris surtout. De temps en temps des hommes passaient devant lui, en courant, entrés par une porte et partis par l'autre avant qu'il eût le temps de les regarder.

C'étaient tantôt des jeunes gens, très jeunes, l'air affairé, et tenant à la main une feuille de papier qui palpitait au vent de leur course ; tantôt des ouvriers compositeurs[13], dont la blouse de toile tachée d'encre laissait voir un col de chemise bien blanc, et un pantalon de drap pareil à celui des gens du monde ; et ils portaient avec précaution des bandes de papier imprimé, des épreuves fraîches, tout humides. Quelquefois un petit monsieur entrait, vêtu avec une élégance trop apparente, la taille trop serrée dans la redingote[14], la jambe trop moulée sous l'étoffe, le pied étreint[15] dans un soulier trop pointu, quelque reporter mondain apportant les échos de la soirée.

D'autres encore arrivaient, graves, importants, coiffés de hauts chapeaux à bords plats, comme si cette forme les eût distingués du reste des hommes.

Forestier reparut tenant par le bras un grand garçon maigre, de trente à quarante ans, en habit noir et en cravate blanche,

13. Terme d'imprimerie. Typographes qui assemblent un à un des caractères à la main, mécaniquement ou par tout autre procédé, afin de former un mot ou un ensemble de mots puis des lignes.

14. Vêtement d'homme à longues basques plus ou moins ajusté à la taille. Les basques sont des parties du vêtement qui partent de la taille et descendent sur les hanches.

15. Serré.

très brun, la moustache roulée en pointes aiguës, et qui avait l'air insolent et content de lui.

Forestier lui dit : – Adieu, cher maître.

L'autre lui serra la main : – Au revoir, mon cher, – et il descendit l'escalier en sifflotant, la canne sous le bras.

Duroy demanda : – Qui est-ce ?

– C'est Jacques Rival, tu sais, le fameux chroniqueur, le duelliste[16]. Il vient de corriger ses épreuves. Garin, Montel et lui, sont les trois premiers chroniqueurs d'esprit et d'actualité que nous ayons à Paris. Il gagne ici trente mille francs par an pour deux articles par semaine.

Et comme ils s'en allaient, ils rencontrèrent un petit homme à longs cheveux, gros, d'aspect malpropre, qui montait les marches en soufflant.

Forestier salua très bas : – Norbert de Varenne, dit-il, le poète, l'auteur des *Soleils morts*, encore un homme dans les grands prix. Chaque conte qu'il nous donne coûte trois cents francs, et les plus longs n'ont pas deux cents lignes. Mais entrons au Napolitain[17], je commence à crever de soif.

Dès qu'ils furent assis devant la table du café, Forestier cria : « Deux bocks », et il avala le sien d'un seul trait, tandis que Duroy buvait la bière à lentes gorgées, la savourant et la dégustant, comme une chose précieuse et rare.

Son compagnon se taisait, semblait réfléchir, puis tout à coup : – Pourquoi n'essayerais-tu pas du journalisme ?

L'autre, surpris, le regarda ; puis il dit : – Mais… c'est que… je n'ai jamais rien écrit.

– Bah ! on essaye, on commence. Moi, je pourrais t'employer à aller me chercher des renseignements, à faire des démarches et des visites. Tu aurais, au début, deux cent cinquante francs

16. Spécialiste des affaires de duel. Pour s'entraîner à l'escrime et au tir, Rival a installé une salle d'armes dans sa cave.

17. Café luxueux situé sur le boulevard Poissonnière.

par mois et tes voitures payées. Veux-tu que j'en parle au directeur ?

– Mais certainement que je veux bien.

– Alors, fais une chose, viens dîner chez moi demain ; j'ai cinq ou six personnes seulement ; le patron, M. Walter, sa femme, Jacques Rival et Norbert de Varenne que tu viens de voir, plus une amie de Mme Forestier. Est-ce entendu ?

Duroy hésitait, rougissant, perplexe. Il murmura enfin :
– C'est que… je n'ai pas de tenue convenable.

Forestier fut stupéfait : – Tu n'as pas d'habit[18] ? Bigre ! en voilà une chose indispensable pourtant. À Paris, vois-tu, il vaudrait mieux n'avoir pas de lit que pas d'habit.

Puis tout à coup, fouillant dans la poche de son gilet, il en tira une pincée d'or, prit deux louis[19], les posa devant son ancien camarade, et, d'un ton cordial et familier : – Tu me rendras ça quand tu pourras. Loue ou achète au mois, en donnant un acompte, les vêtements qu'il te faut ; enfin arrange-toi, mais viens dîner à la maison, demain, sept heures et demie, dix-sept rue Fontaine.

Duroy, troublé, ramassait l'argent en balbutiant :

– Tu es trop aimable, je te remercie bien, sois certain que je n'oublierai pas…

L'autre l'interrompit : – Allons, c'est bon. Encore un bock, n'est-ce pas ? Et il cria : Garçon, deux bocks !

Extrait de la première partie, chapitre I.

Ensuite, sur sa demande, Forestier emmène Duroy aux Folies-Bergère où le journaliste peut avoir une loge gratuite. Ils assistent au spectacle et Duroy y séduit une prostituée, nommée Rachel.

18. Costume de cérémonie masculin, à longues basques par derrière.
19. À l'origine, pièce d'or à l'effigie du roi de France (de Louis XIII à Louis XVI). Ce terme a désigné par extension toute pièce d'or de vingt francs, notamment celle à l'effigie de Napoléon (appelée aussi « napoléon »).

Repérer et analyser

Le parcours de Georges Duroy

La situation initiale du personnage (suite)

1 **a.** Quelles informations nouvelles le lecteur apprend-il sur Georges Duroy : passé militaire, profession, revenus, diplôme, projet professionnel (« J'ai cherché [...] trois mille francs. », l. 68 à 71) ?

b. La situation dans laquelle il apparaissait dans l'extrait 1 se trouve-t-elle confirmée ? Justifiez votre réponse.

La rencontre de l'initiateur

Bel-Ami se présente comme un roman d'apprentissage. Le roman d'apprentissage raconte en général l'histoire d'un jeune homme pauvre qui cherche à se forger une place avantageuse dans la société. Ce personnage rencontre des initiateurs qui connaissent le monde et qui vont contribuer à faire évoluer sa situation.

2 **a.** Quel personnage Duroy rencontre-t-il ?

b. Quand et dans quelles circonstances a-t-il fait dans le passé la connaissance de ce personnage ? Quelles relations les deux hommes entretenaient-ils alors ? Appuyez-vous sur le texte.

c. Quelle est sa profession ? sa situation financière ?

d. De quoi souffre-t-il ?

3 En quoi ce personnage est-il à l'opposé de Duroy (situation, état physique...) ?

4 Quelles différentes formes d'aide apporte-t-il à Duroy (conseils, proposition, invitation, aide concrète...) ? Justifiez votre réponse.

La découverte d'un milieu professionnel

5 **a.** Dans quel monde Forestier introduit-il Duroy ?

b. Quelles sont les sensations et impressions qui s'imposent à lui tandis qu'il attend son ami dans le salon ? (« Une odeur [...] du reste des hommes. », l. 120 à 138).

c. Qui sont les différents personnages qui traversent ce salon ?

d. Qui sont les deux journalistes rencontrés par Forestier et Duroy (« Forestier reparut [...] deux cents lignes. », l. 139 à 158) ? Quel est leur rôle dans le journal ? En quoi sont-ils importants ?

Le rythme de la narration

La scène

– On appelle rythme de la narration le rapport entre le temps de l'histoire, c'est-à-dire la durée fictive des événements racontés (comptée en années, mois, jours, heures…) et le temps du récit (compté en lignes et en pages).
– Le narrateur peut ralentir le rythme de la narration en introduisant des scènes. On parle de scènes lorsque le temps du récit est à peu près égal au temps de l'histoire, autrement dit, lorsque le narrateur donne au lecteur l'illusion que la durée des événements racontés équivaut au temps qu'il met à lire le texte. Les scènes comportent souvent des dialogues. Elles marquent les temps forts de l'action.

6 **a.** En quoi les lignes 11 à 117 et 146 à 194 délimitent-elles des scènes ? Appuyez-vous sur les dialogues. Qui sont les personnages ?
b. Reconstituez l'itinéraire effectué par les personnages. Dans quels lieux s'arrêtent-ils ?

7 Pour quelle raison, selon vous, le narrateur s'attarde-t-il sur ce moment de l'action en introduisant ici des scènes ?

Le mode de narration

Les paroles et pensées rapportées

Le narrateur peut rapporter les paroles ou les pensées d'un personnage au style direct à l'aide de guillemets ou de tirets.
Il peut les intégrer à la narration en les rapportant :
– au style indirect, par le biais d'un verbe introducteur et d'un mot subordonnant (il dit que…, il demande si…) ;
– au style indirect libre, sans guillemets, sans verbe introducteur ni mot subordonnant (associé au point de vue interne) ;
– selon le mode de récit de paroles : il se borne à mentionner que des propos ont été tenus sur un sujet.

8 Dans cet extrait, précisez quelle est la part consacrée aux dialogues. Qui sont les interlocuteurs ? Quel effet l'emploi de ce procédé produit-il ?

9 Relisez les lignes 24 à 32. Repérez :
a. un récit de paroles : quel est le sujet de la conversation ? Pour quelle raison le narrateur ne reproduit-il pas le dialogue ?
b. un passage au style indirect libre : de quel personnage le narrateur rapporte-t-il les paroles et adopte-t-il le point de vue ?

Les symboles

L'ombre et la lumière

10 Relevez les notations d'éclairage dans les lignes 101 à 109. Qu'est-ce qui est éclairé ? En quoi y a-t-il contraste ? Quel est le sens symbolique de ces notations descriptives et de ce passage de l'ombre à la lumière ?

L'escalier

11 Montrez, en relevant les deux adjectifs qui caractérisent l'escalier (« Forestier poussa cette porte […] grignoté. », l. 110 à 116), que cet escalier est un lieu de transition qui relie deux mondes opposés. Lesquels ?

Le réalisme

Le héros du roman d'apprentissage est amené à fréquenter certains milieux sociaux ou professionnels. Adepte de l'esthétique réaliste qui vise à reproduire la réalité telle qu'elle est, Maupassant est ainsi conduit à enquêter sur l'univers social de son temps pour dépeindre avec précision le monde réel.

12 Relevez les termes qui caractérisent le salon d'attente de *La Vie Française* (« Forestier poussa cette porte […] grignoté. », l. 110 à 116). Quelle image en est-elle donnée ?

13 **a.** Pour réussir à la fin du XIXe siècle, un journaliste doit-il avoir nécessairement des diplômes ? Écrit-il dans un seul journal ? Répondez en vous appuyant sur le texte.

b. Montrez, en citant des détails précis, que le narrateur restitue l'atmosphère d'une salle de rédaction (odeur, vêtements et attitude des personnages, termes techniques…).

La visée et les hypothèses de lecture

14 Quelle vision du journalisme cet extrait donne-t-il ?

15 **a.** En quoi la rencontre avec Forestier lance-t-elle l'action ?

b. Forestier permet à Duroy de satisfaire sa soif. Ce fait peut-il être interprété symboliquement ? Quelle hypothèse sur la suite permet-il de formuler ?

Écrire

Écrire un dialogue

16 Un personnage fait découvrir à un ami un lieu qu'il ne connaît pas. Il le guide dans sa découverte (salle de sport, salle de répétition, collège…). Vous rédigerez la scène en développant un dialogue au style direct et en variant les procédés d'introduction des répliques.

Enquêter

17 **a.** Renseignez-vous sur la loi du 29 juillet 1881 sur la liberté de la presse. Quelle est la situation de la presse à Paris en 1885 ?
b. Guy de Maupassant a lui-même collaboré à des journaux : lesquels ? Quels types d'articles écrivait-il ?

18 Renseignez-vous sur le processus actuel de composition et de fabrication d'un journal de la presse écrite.

Théophile-Alexandre Steinlen (1859-1923), « La parure », ouverture de *Gil Blas*, 1893.

Extrait 3

« Il portait un habit pour la première fois de sa vie... »

L'extrait suivant présente le début du chapitre II.

Monsieur Forestier, s'il vous plaît ?

– Au troisième, la porte à gauche.

Le concierge avait répondu cela d'une voix aimable où apparaissait une considération pour son locataire. Et Georges Duroy monta l'escalier.

Il était un peu gêné, intimidé, mal à l'aise. Il portait un habit pour la première fois de sa vie, et l'ensemble de sa toilette l'inquiétait. Il la sentait défectueuse en tout, par les bottines non vernies, mais assez fines cependant, car il avait la coquetterie du pied, par la chemise de quatre francs cinquante achetée le matin même au Louvre[1], et dont le plastron[2] trop mince se cassait déjà. Ses autres chemises, celles de tous les jours, ayant des avaries[3] plus ou moins graves, il n'avait pu utiliser même la moins abîmée.

Son pantalon, un peu trop large, dessinait mal la jambe, semblait s'enrouler autour du mollet, avait cette apparence fripée que prennent les vêtements d'occasion sur les membres qu'ils recouvrent par aventure. Seul, l'habit n'allait pas mal, s'étant trouvé à peu près juste pour la taille.

Il montait lentement les marches, le cœur battant, l'esprit anxieux, harcelé surtout par la crainte d'être ridicule ; et, soudain, il aperçut en face de lui un monsieur en grande toilette

1. Grand magasin situé place du Palais-Royal.
2. Pièce d'étoffe qui recouvre le devant d'une chemise.
3. Dégâts, détériorations.

qui le regardait. Ils se trouvaient si près l'un de l'autre que Duroy fit un mouvement en arrière, puis il demeura stupéfait : c'était lui-même, reflété par une haute glace en pied qui formait sur le palier du premier une longue perspective de galerie. Un élan de joie le fit tressaillir tant il se jugea mieux qu'il n'aurait cru.

N'ayant chez lui que son petit miroir à barbe, il n'avait pu se contempler entièrement, et comme il n'y voyait que fort mal les diverses parties de sa toilette improvisée, il s'exagérait les imperfections, s'affolait à l'idée d'être grotesque[4].

Mais voilà qu'en s'apercevant brusquement dans la glace, il ne s'était même pas reconnu ; il s'était pris pour un autre, pour un homme du monde, qu'il avait trouvé fort bien, fort chic, au premier coup d'œil.

Et maintenant, en se regardant avec soin, il reconnaissait que, vraiment, l'ensemble était satisfaisant.

Alors il s'étudia comme font les acteurs pour apprendre leurs rôles. Il se sourit, se tendit la main, fit des gestes, exprima des sentiments : l'étonnement, le plaisir, l'approbation ; et il chercha les degrés du sourire et les intentions de l'œil pour se montrer galant auprès des dames, leur faire comprendre qu'on les admire et qu'on les désire.

Une porte s'ouvrit dans l'escalier. Il eut peur d'être surpris et il se mit à monter fort vite, avec la crainte d'avoir été vu minaudant[5] ainsi, par quelque invité de son ami.

En arrivant au second étage, il aperçut une autre glace et il ralentit sa marche pour se regarder passer. Sa tournure lui parut vraiment élégante. Il marchait bien. Et une confiance immodérée en lui-même emplit son âme. Certes, il réussirait avec cette figure-là et son désir d'arriver, et la résolution qu'il se connaissait et l'indépendance de son esprit. Il avait envie

| **4.** Ridicule. | **5.** Prenant des poses, faisant des manières pour plaire, pour séduire.

de courir, de sauter en gravissant le dernier étage. Il s'arrêta devant la troisième glace, frisa sa moustache d'un mouvement qui lui était familier, ôta son chapeau pour rajuster sa chevelure, et murmura à mi-voix, comme il faisait souvent : « Voilà une excellente invention. » Puis, tendant la main vers le timbre[6], il sonna.

La porte s'ouvrit presque aussitôt, et il se trouva en présence d'un valet en habit noir, grave, rasé, si parfait de tenue que Duroy se troubla de nouveau sans comprendre d'où lui venait cette vague émotion : d'une inconsciente comparaison peut-être, entre la coupe de leurs vêtements. Ce laquais[7], qui avait des souliers vernis, demanda, en prenant le pardessus que Duroy tenait sur son bras par peur de montrer les taches :

– Qui dois-je annoncer ?

Et il jeta le nom derrière une portière soulevée, dans un salon où il fallait entrer.

Mais Duroy, tout à coup, perdant son aplomb, se sentit perclus[8] de crainte, haletant. Il allait faire son premier pas dans l'existence attendue, rêvée. Il s'avança, pourtant. Une jeune femme, blonde, était debout qui l'attendait, toute seule, dans une grande pièce bien éclairée et pleine d'arbustes, comme une serre.

Il s'arrêta net, tout à fait déconcerté. Quelle était cette dame qui souriait ? Puis il se souvint que Forestier était marié ; et la pensée que cette jolie blonde élégante devait être la femme de son ami acheva de l'effarer[9].

Il balbutia : – Madame, je suis… – Elle lui tendit la main : – Je le sais, monsieur. Charles m'a raconté votre rencontre d'hier soir, et je suis très heureuse qu'il ait eu la bonne inspiration de vous prier de dîner avec nous aujourd'hui.

6. Calotte métallique sur laquelle frappe un petit marteau ou un vibreur, faisant office de sonnette.

7. Valet en livrée, en habit.

8. Qui est paralysé passagèrement.

9. Troubler fortement.

Il rougit jusqu'aux oreilles, ne sachant plus que dire ; et il se sentait examiné, inspecté des pieds à la tête, pesé, jugé.

Il avait envie de s'excuser, d'inventer une raison pour expliquer les négligences de sa toilette ; mais il ne trouva rien, et n'osa pas toucher à ce sujet difficile.

Il s'assit sur un fauteuil qu'elle lui désignait, et quand il sentit plier sous lui le velours élastique et doux du siège, quand il se sentit enfoncé, appuyé, étreint par ce meuble caressant dont le dossier et les bras capitonnés[10] le soutenaient délicatement, il lui sembla qu'il entrait dans une vie nouvelle et charmante, qu'il prenait possession de quelque chose de délicieux, qu'il devenait quelqu'un, qu'il était sauvé ; et il regarda Mme Forestier dont les yeux ne l'avaient point quitté.

Elle était vêtue d'une robe de cachemire[11] bleu pâle qui dessinait bien sa taille souple et sa poitrine grasse.

La chair des bras et de la gorge[12] sortait d'une mousse de dentelle blanche dont étaient garnis le corsage et les courtes manches ; et les cheveux relevés au sommet de la tête, frisant un peu sur la nuque, faisaient un léger nuage de duvet blond au-dessus du cou.

Duroy se rassurait sous son regard, qui lui rappelait, sans qu'il sût pourquoi, celui de la fille rencontrée la veille aux Folies-Bergère. Elle avait les yeux gris, d'un gris azuré qui en rendait étrange l'expression, le nez mince, les lèvres fortes, le menton un peu charnu, une figure irrégulière et séduisante, pleine de gentillesse et de malice. C'était un de ces visages de femme dont chaque ligne révèle une grâce particulière, semble avoir une signification, dont chaque mouvement paraît dire ou cacher quelque chose.

10. Rembourrés et garnis de compartiments formés par la piqûre sur la surface du tissu.

11. Étoffe très fine, légère, obtenue par le tissage des poils des chèvres du Cachemire ou du Tibet.

12. Poitrine.

Après un court silence, elle lui demanda : – Vous êtes depuis longtemps à Paris ?

Il répondit, en reprenant peu à peu possession de lui : – Depuis quelques mois seulement, madame. J'ai un emploi dans les chemins de fer ; mais Forestier m'a laissé espérer que je pourrais, grâce à lui, pénétrer dans le journalisme.

Elle eut un sourire plus visible, plus bienveillant ; et elle murmura, en baissant la voix : – Je sais.

Le timbre avait tinté de nouveau. Le valet annonça : – Madame de Marelle.

C'était une petite brune, de celles qu'on appelle des brunettes.

Elle entra d'une allure alerte ; elle semblait dessinée, moulée des pieds à la tête dans une robe sombre toute simple.

Seule une rose rouge, piquée dans ses cheveux noirs, attirait l'œil violemment, semblait marquer sa physionomie, accentuer son caractère spécial, lui donner la note vive et brusque qu'il fallait.

Une fillette en robe courte[13] la suivait. Mme Forestier s'élança :

– Bonjour Clotilde.

– Bonjour Madeleine.

Elles s'embrassèrent. Puis l'enfant tendit son front avec une assurance de grande personne, en prononçant :

– Bonjour, cousine.

Mme Forestier la baisa ; puis fit les présentations :

– Monsieur Georges Duroy, un bon camarade de Charles.

– Madame de Marelle, mon amie, un peu ma parente.

Elle ajouta : – Vous savez, nous sommes ici sans cérémonie, sans façon, et sans pose. C'est entendu, n'est-ce pas ?

Le jeune homme s'inclina.

13. À la fin du dîner, on apprend qu'elle s'appelle Laurine.

Mais la porte s'ouvrit de nouveau, et un petit gros monsieur, court et rond, parut, donnant le bras à une grande et belle femme, plus haute que lui, beaucoup plus jeune, de manières distinguées et d'allure grave. C'était M. Walter, député, financier, homme d'argent et d'affaires, juif et méridional, directeur de *La Vie Française*, et sa femme, née Basile-Ravalau, fille du banquier de ce nom.

[…]

Pendant le dîner, Georges Duroy écoute d'abord la conversation sans pouvoir intervenir. Heureusement, sa connaissance de l'Algérie lui permet ensuite de briller. M. Walter, le patron de La Vie Française, *accepte de l'embaucher et lui demande « une petite série fantaisiste sur l'Algérie ». La soirée s'achève à la satisfaction de Georges Duroy, comme le montre ce court extrait qui termine le chapitre II.*

Quand il se retrouva sur l'escalier, il eut envie de descendre en courant, tant sa joie était véhémente, et il s'élança, enjambant les marches deux par deux ; mais tout à coup il aperçut, dans la grande glace du second étage, un monsieur pressé qui venait en gambadant à sa rencontre et il s'arrêta net, honteux comme s'il venait d'être surpris en faute.

Puis il se regarda longuement, émerveillé d'être vraiment aussi joli garçon ; puis il se sourit avec complaisance ; puis, prenant congé de son image, il se salua très bas, avec cérémonie, comme on salue les grands personnages.

Extraits de la première partie, chapitre II.

Repérer et analyser

Le cadre et l'action

1 **a.** Où et à quel moment de la journée l'action se déroule-t-elle ?
b. Combien de temps s'est-il écoulé depuis la fin de l'extrait 2 ? Précisez la date exacte à laquelle se déroule l'action.

2 Où Duroy se rend-il ? Rappelez ce qui l'amène dans ce lieu.

Le parcours de Georges Duroy

Aspect, miroirs et double

3 Relevez les expressions qui montrent que Duroy, au moment où il monte l'escalier, se sent mal à l'aise dans son habit (l. 1 à 19).

4 Faites la liste des miroirs dont il est question au début de l'extrait, jusqu'à « il sonna. » (l. 59). En quoi ces miroirs changent-ils l'image que Duroy a de lui-même ?

5 **a.** Que fait Duroy devant les miroirs des paliers en montant (l. 39 à 58) et en descendant (l. 150 à 159). Quels sentiments éprouve-t-il dans chaque cas ?
b. À trois reprises, Georges Duroy a l'impression de se dédoubler. À quels moments ? En quoi est-il en train de se déposséder de ce qu'il est ?

L'entrée dans le monde

6 **a.** À quel étage les Forestier habitent-ils ? Relevez les indications qui montrent qu'il s'agit d'un immeuble bourgeois.
b. Relevez également, à l'intérieur de l'appartement, les indices qui prouvent l'aisance matérielle des Forestier.

7 Faites la liste des personnages rencontrés par Georges Duroy. En quoi peuvent-ils être importants pour lui ?

La rencontre des personnages féminins

Dans *Bel-Ami*, comme dans tout roman d'apprentissage, les femmes occupent une place importante. Elles accompagnent le héros dans son parcours et favorisent son ambition.

8 Quels sont les deux personnages féminins que rencontre Duroy ?
a. Montrez, en citant un verbe de perception, que le portrait de Mme Forestier est fait à travers le regard de Duroy. Quels détails remarque-t-il ? Quelle image se dégage de cette femme ?

b. Le portrait de Mme de Marelle est-il fait selon le même point de vue ? En quoi Mme de Marelle s'oppose-t-elle à Mme Forestier ?

Le point de vue et les jeux de regards

9 Relevez le champ lexical de la vue :
a. dans les lignes 20 à 59 (« Il montait lentement […] il sonna. ») et 150 à 159 (« Quand il se retrouva […] les grands personnages. »). Quel personnage voit ? Que voit-il ?
b. dans les lignes 80 à 112 (« Il balbutia […] cacher quelque chose. »). Qui voit, ici ? Qui est vu ?
c. Quels sont le rôle et l'importance de ces jeux de regards ?

Les symboles

10 **a.** En quoi peut-on dire qu'en se regardant dans le miroir, Duroy, tel un comédien, commence à endosser un rôle et qu'il entre dans le théâtre de la société ?
b. Quel est, dans cette perspective, le rôle symbolique du fauteuil capitonné (« Il s'assit […] ne l'avaient point quitté. », l. 89 à 96) ?

La visée

11 En quoi cet extrait complète-t-il la situation initiale du roman ?
12 Quelle image le lecteur a-t-il de Georges Duroy ? En quoi son parcours semble-t-il amorcé ?

Écrire

Écrire une « scène »

13 Un(e) adolescent(e) est invité(e) par un(e) ami(e) à une soirée où il (elle) ne connaît personne. Racontez le déroulement de cette soirée, de son arrivée à son départ. Le récit sera mené à la troisième personne, du point de vue du personnage principal. Vous rendrez compte des différents sentiments de ce personnage.
Vous introduirez au moins trois portraits d'autres jeunes présents à cette soirée et insérerez quelques phrases de dialogue.

Extrait 4

« ... il avait rêvé de faire fortune à Paris. »

Rentré chez lui, Duroy veut écrire l'article promis, mais c'est l'échec : il n'arrive pas à dépasser la première phrase.

C'était fini ; tout était fini, il ne ferait rien, il ne serait rien ; il se sentait vide, incapable, inutile, condamné.

Et il retourna s'accouder à la fenêtre, juste au moment où un train sortait du tunnel[1] avec un bruit subit et violent. Il s'en allait là-bas, à travers les champs et les plaines, vers la mer. Et le souvenir de ses parents entra au cœur de Duroy.

Il allait passer près d'eux, ce convoi[2], à quelques lieues seulement de leur maison. Il la revit, la petite maison, au haut de la côte, dominant Rouen et l'immense vallée de la Seine, à l'entrée du village de Canteleu[3].

Son père et sa mère tenaient un petit cabaret[4], une guinguette[5] où les bourgeois des faubourgs venaient déjeuner le dimanche : *À la Belle-Vue*. Ils avaient voulu faire de leur fils un monsieur[6], et l'avaient mis au collège[7]. Ses études finies et son baccalauréat manqué, il était parti pour le service avec l'intention de devenir officier, colonel, général. Mais, dégoûté de l'état militaire bien avant d'avoir fini ses cinq années, il avait rêvé de faire fortune à Paris.

1. Georges Duroy habite rue Boursault, au cinquième étage d'un immeuble qui donne sur les voies du chemin de fer de l'Ouest, près de la gare des Batignolles (voir plan p. 14).
2. Suite de wagons tirés par une même locomotive.
3. C'est dans ce village, près de Rouen, que le père de Gustave Flaubert achètera le manoir de Croisset.
4. Débit de boissons, où l'on peut prendre des repas.
5. Cabaret populaire, le plus souvent en plein air, où l'on peut consommer et danser.
6. Homme de condition aisée (familier).
7. Ce n'est qu'en 1882 que l'école devient obligatoire pour tous jusqu'à douze ans ; la majorité des enfants ne dépassaient pas l'école primaire.

Illustration de Jean-Émile Laboureur (1877-1943) pour *Bel-Ami*.

Il y était venu, son temps expiré, malgré les prières du père et de la mère, qui, leur songe envolé, voulaient le garder maintenant. À son tour, il espérait un avenir ; il entrevoyait le triomphe au moyen d'événements encore confus dans son esprit, qu'il saurait assurément faire naître et seconder.

Il avait eu au régiment des succès de garnison[8], des bonnes fortunes faciles et même des aventures dans un monde plus élevé, ayant séduit la fille d'un percepteur qui voulait tout quitter pour le suivre, et la femme d'un avoué qui avait tenté de se noyer par désespoir d'être délaissée.

Ses camarades disaient de lui : « C'est un malin, c'est un roublard, c'est un débrouillard qui saura se tirer d'affaire. » Et il s'était promis en effet d'être un malin, un roublard et un débrouillard.

Sa conscience native[9] de Normand, frottée par la pratique quotidienne de l'existence de garnison, distendue[10] par les

8. Endroit où stationne au moins une unité de l'armée.

9. Que l'on possède en naissant.

10. Relâchée.

exemples de maraudages[11] en Afrique, de bénefs[12] illicites, de supercheries suspectes, fouettée aussi par les idées d'honneur qui ont cours dans l'armée, par les bravades[13] militaires, les sentiments patriotiques, les histoires magnanimes[14] racontées entre sous-off.[15] et par la gloriole[16] du métier, était devenue une sorte de boîte à triple fond où l'on trouvait de tout.

Mais le désir d'arriver y régnait en maître.

Il s'était remis, sans s'en apercevoir, à rêvasser, comme il faisait chaque soir. Il imaginait une aventure d'amour magnifique qui l'amenait, d'un seul coup, à la réalisation de son espérance. Il épousait la fille d'un banquier ou d'un grand seigneur rencontrée dans la rue et conquise à première vue.

Le sifflet strident d'une locomotive qui, sortie toute seule du tunnel, comme un gros lapin de son terrier, et courant à toute vapeur sur les rails, filait vers le garage des machines où elle allait se reposer, le réveilla de son songe.

Alors, ressaisi par l'espoir confus et joyeux qui hantait toujours son esprit, il jeta, à tout hasard, un baiser dans la nuit, un baiser d'amour vers l'image de la femme attendue, un baiser de désir vers la fortune convoitée. Puis il ferma sa fenêtre et commença à se dévêtir en murmurant :

« Bah, je serai mieux disposé demain matin. Je n'ai pas l'esprit libre ce soir. Et puis, j'ai peut-être aussi un peu trop bu. On ne travaille pas bien dans ces conditions-là. »

Il se mit au lit, souffla sa lumière, et s'endormit presque aussitôt.

Extrait de la première partie, chapitre III.

11. Vols (au sens premier, il s'agit de vols de fruits ou de légumes avant leur récolte).
12. Abréviation familière pour « bénéfices ».
13. Actions dans lesquelles on veut absolument montrer sa bravoure.
14. Montrant de la générosité, de la clémence envers l'ennemi vaincu, le faible.
15. Abréviation familière de « sous-officiers ».
16. Vanité dérisoire, vaine gloire.

Repérer et analyser

Le cadre et l'action

1 **a.** À quel moment cette scène se déroule-t-elle par rapport à l'extrait précédent ?
b. Où Duroy se trouve-t-il ? Qu'est-il en train de faire ? Appuyez-vous sur le hors-texte.
c. Pourquoi retourne-t-il « s'accouder à la fenêtre » ? Que voit-il de cette fenêtre ?

Le retour en arrière

Le narrateur peut bouleverser l'ordre chronologique pour procéder à des retours en arrière et présenter après coup des événements antérieurs.

2 Précisez le début et la fin du retour en arrière. Quel est son intérêt ? Montrez que ce retour en arrière correspond aux rêveries de Duroy.
a Quel rôle le train (« juste au moment où un train […] vers la mer. », l. 3 à 5) et la locomotive (« Le sifflet strident d'une locomotive », l. 47) jouent-ils dans cette rêverie ?
b. Quel est l'état d'esprit du personnage avant le retour en arrière ? Quel est-il à la fin ? Comment expliquez-vous ce changement ?

Le parcours de Georges Duroy

Le passé du personnage

3 Quelles informations le retour en arrière donne-t-il au lecteur sur le passé de Duroy : région d'origine, situation sociale des parents, relations avec les femmes ?

Son caractère

4 Montrez que le personnage est très tôt destiné, d'abord par ses parents, ensuite par lui-même, à s'élever socialement.
5 Quelle réputation a-t-il auprès de ses camarades ? Cette réputation est-elle justifiée ?
6 Relisez les lignes 33 à 40 (« Sa conscience native […] trouvait de tout. »). Dégagez les trois composantes qui constituent son être et qui permettent l'image de la « boîte à triple fond ».

Ses projets

7 **a.** Quels sont les projets d'avenir de Duroy ? Appuyez-vous sur le texte pour les définir.

b. Quelle place donne-t-il à l'amour ? Quelles sont ses aspirations amoureuses ?

Le point de vue

8 **a.** Quel est le point de vue dominant adopté par le narrateur ? Justifiez votre réponse.

b. Relevez des exemples de passages au style indirect libre (voir leçon p. 23) par lesquels le narrateur retranscrit les pensées de Duroy. Quel point de vue adopte-t-il alors ?

La visée et les hypothèses de lecture

9 Quelle vision le lecteur a-t-il du personnage principal à ce moment du roman ?

10 Quelles hypothèses sur la suite du roman le lecteur formule-t-il après avoir lu cet extrait ?

Étudier la langue

La mise en relief

11 Par quel procédé les groupes « ce convoi » et « la petite maison » sont-ils mis en valeur dans les phrases des l. 7 à 10 (« Il allait passer [...] de Canteleu. ») ? Pour quelle raison ces expressions sont-elles mises ainsi en relief ?

Écrire

Exercice de réécriture

12 Récrivez le passage « C'était fini ; [...] il ne se serait rien » (l. 1) au style direct (sujet : « je », Georges Duroy).

Extrait 5

« Mais signez donc ! »

Le lendemain, il va trouver Forestier qui l'envoie voir sa femme. Il est introduit auprès de Mme Forestier.

Elle était assise sur un fauteuil de bureau, dans une petite pièce dont les murs se trouvaient entièrement cachés par des livres bien rangés sur des planches de bois noir. Les reliures, de tons différents, rouges, jaunes, vertes, violettes et bleues, mettaient de la couleur et de la gaieté dans cet alignement monotone de volumes.

Elle se retourna, souriant toujours, enveloppée d'un peignoir blanc, garni de dentelle ; et elle tendit sa main, montrant son bras nu dans la manche largement ouverte.

– Déjà ? dit-elle. Puis elle reprit : – Ce n'est point un reproche, c'est une simple question.

Il balbutia : – Oh ! madame, je ne voulais pas monter ; mais votre mari, que j'ai rencontré en bas, m'y a forcé. Je suis tellement confus que je n'ose pas dire ce qui m'amène.

Elle montrait un siège : – Asseyez-vous et parlez.

Elle maniait entre deux doigts une plume d'oie[1] en la tournant agilement ; et, devant elle, une grande page de papier demeurait écrite à moitié, interrompue à l'arrivée du jeune homme.

Elle avait l'air chez elle devant cette table de travail, à l'aise comme dans son salon, occupée à sa besogne ordinaire. Un parfum léger s'envolait du peignoir, le parfum frais de la toilette récente. Et Duroy cherchait à deviner, croyait voir le corps

1. Madeleine écrit encore avec une plume d'oie taillée que l'on trempe dans l'encre, mais la plume d'acier avec un porte-plume est utilisée depuis le milieu du XIXe siècle (voir extrait 15).

jeune et clair, gras et chaud, doucement enveloppé dans l'étoffe moelleuse.

Elle reprit, comme il ne parlait pas : – Eh bien, dites, qu'est-ce que c'est ?

Il murmura, en hésitant : – Voilà… mais vraiment… je n'ose pas… C'est que j'ai travaillé hier soir très tard… et ce matin… très tôt… pour faire cet article sur l'Algérie que M. Walter m'a demandé… et je n'arrive à rien de bon… j'ai déchiré tous mes essais… Je n'ai pas l'habitude de ce travail-là, moi ; et je venais demander à Forestier de m'aider… pour une fois…

Elle l'interrompit, en riant de tout son cœur, heureuse, joyeuse, et flattée : – Et il vous a dit de venir me trouver… ? C'est gentil, ça…

– Oui, madame. Il m'a dit que vous me tireriez d'embarras mieux que lui… mais, moi, je n'osais pas, je ne voulais pas. Vous comprenez ?

Elle se leva : – Ça va être charmant de collaborer comme ça. Je suis ravie de votre idée. Tenez, asseyez-vous à ma place, car on connaît mon écriture au journal. Et nous allons vous tourner un article, mais là, un article à succès.

Il s'assit, prit une plume, étala devant lui une feuille de papier, et attendit.

Mme Forestier, restée debout, le regardait faire ses préparatifs ; puis elle atteignit une cigarette sur la cheminée et l'alluma :

– Je ne puis pas travailler sans fumer, dit-elle, voyons, qu'allez-vous raconter ?

Il leva la tête vers elle avec étonnement.

– Mais je ne sais pas, moi, puisque je suis venu vous trouver pour ça.

Elle reprit : – Oui, je vous arrangerai la chose. Je ferai la sauce, mais il me faut le plat.

Il demeurait embarrassé ; enfin il prononça, avec hésitation :

– Je voudrais raconter mon voyage depuis le commencement…

Alors elle s'assit, en face de lui, de l'autre côté de la grande table, et, le regardant dans les yeux :

– Eh bien, racontez-le-moi d'abord, pour moi toute seule, vous entendez, bien doucement, sans rien oublier, et je choisirai ce qu'il faut prendre.

Mais comme il ne savait pas par où commencer, elle se mit à l'interroger comme aurait fait un prêtre au confessionnal[2], posant des questions précises qui lui rappelaient des détails oubliés, des personnages rencontrés, des figures seulement aperçues. Quand elle l'eut contraint à parler ainsi pendant un petit quart d'heure, elle l'interrompit tout à coup :

– Maintenant nous allons commencer. D'abord, nous supposons que vous adressez à un ami vos impressions, ce qui vous permet de dire un tas de bêtises, de faire des remarques de toute espèce, d'être naturel et drôle, si nous pouvons. Commencez :

« Mon cher Henry, tu veux savoir ce que c'est que l'Algérie, tu le sauras. Je vais t'envoyer, n'ayant rien à faire dans la petite case de boue sèche qui me sert d'habitation, une sorte de journal de ma vie, jour par jour, heure par heure. Ce sera un peu vif, quelquefois, tant pis, tu n'es pas obligé de le montrer aux dames de ta connaissance…

Elle s'interrompit pour rallumer sa cigarette éteinte ; et, aussitôt, le petit grincement criard de la plume d'oie sur le papier s'arrêta.

– Nous continuons, dit-elle.

« L'Algérie est un grand pays français sur la frontière des grands pays inconnus qu'on appelle le désert, le Sahara, l'Afrique centrale, etc., etc.

2. Dans une église, isoloir destiné aux confessions.

« Alger est la porte, la porte blanche et charmante de cet étrange continent.

« Mais d'abord il faut y aller, ce qui n'est pas rose pour tout le monde. Je suis, tu le sais, un excellent écuyer, puisque je dresse les chevaux du colonel, mais on peut être bon cavalier et mauvais marin. C'est mon cas.

« Te rappelles-tu le major Simbretas, que nous appelions le docteur Ipéca[3] ? Quand nous nous jugions mûrs pour vingt-quatre heures d'infirmerie, pays béni, nous passions à la visite.

« Il était assis sur sa chaise, avec ses grosses cuisses ouvertes dans son pantalon rouge, ses mains sur ses genoux, les bras formant pont, le coude en l'air, et il roulait ses gros yeux de loto[4] en mordillant sa moustache blanche.

« Tu te rappelles sa prescription :

« Ce soldat est atteint d'un dérangement d'estomac.

« Administrez-lui le vomitif n° 3 selon ma formule,

« puis douze heures de repos ; il ira bien. »

« Il était souverain, ce vomitif, souverain et irrésistible. On l'avalait donc, puisqu'il le fallait. Puis, quand on avait passé par la formule du docteur Ipéca, on jouissait de douze heures de repos bien gagné.

« Eh bien, mon cher, pour atteindre l'Afrique, il faut subir, pendant quarante heures, une autre sorte de vomitif irrésistible, selon la formule de la Compagnie Transatlantique... »

Elle se frottait les mains, tout à fait heureuse de son idée.

Elle se leva et se mit à marcher, après avoir allumé une autre cigarette, et elle dictait, en soufflant des filets de fumée qui sortaient d'abord tout droit d'un petit trou rond au milieu de ses lèvres serrées, puis s'élargissant, s'évaporaient en laissant par places, dans l'air, des lignes grises, une sorte de brume transparente, une buée pareille à des fils d'araignée. Parfois,

3. Racine d'une plante utilisée comme vomitif.

4. On dit plus souvent « yeux en boules de loto », yeux gros et ronds.

d'un coup de sa main ouverte, elle effaçait ces traces légères et plus persistantes ; parfois aussi elle les coupait d'un mouvement tranchant de l'index et regardait ensuite, avec une attention grave, les deux tronçons d'imperceptible vapeur disparaître lentement.

Et Duroy, les yeux levés, suivait tous ses gestes, toutes ses attitudes, tous les mouvements de son corps et de son visage occupés à ce jeu vague qui ne prenait point sa pensée.

Elle imaginait maintenant les péripéties de la route, portraiturait[5] des compagnons de voyage inventés par elle, et ébauchait une aventure d'amour avec la femme d'un capitaine d'infanterie qui allait rejoindre son mari.

J. Weber dans le rôle de Bel-Ami, série télévisée mise en scène par P. Cardinal, 1982.

5. Faisait le portrait (terme employé par ironie).

Puis, s'étant assise, elle interrogea Duroy sur la topographie[6] de l'Algérie qu'elle ignorait absolument. En dix minutes, elle en sut autant que lui, et elle fit un petit chapitre de géographie politique et coloniale pour mettre le lecteur au courant et le bien préparer à comprendre les questions sérieuses qui seraient soulevées dans les articles suivants.

Puis elle continua par une excursion dans la province d'Oran, une excursion fantaisiste, où il était surtout question des femmes, des Mauresques, des Juives, des Espagnoles[7].

– Il n'y a que ça qui intéresse, disait-elle.

Elle termina par un séjour à Saïda[8], au pied des hauts plateaux, et par une jolie petite intrigue entre le sous-officier Georges Duroy et une ouvrière espagnole employée à la manufacture d'alfa[9] de Aïn-el-Hadjar[10]. Elle racontait les rendez-vous, la nuit, dans la montagne pierreuse et nue, alors que les chacals, les hyènes et les chiens arabes crient, aboient et hurlent au milieu des rocs.

Et elle prononça d'une voix joyeuse: – La suite à demain! Puis, se relevant: – C'est comme ça qu'on écrit un article, mon cher monsieur. Signez, s'il vous plaît.

Il hésitait.

– Mais signez donc!

Alors il se mit à rire et écrivit au bas de la page: « GEORGES DUROY. »

Extrait de la première partie, chapitre III.

6. Configuration d'un lieu.
7. Habitantes d'Afrique du Nord d'origines diverses, les Mauresques désignant les femmes arabes ou kabyles.
8. Ville d'Algérie, au sud d'Oran.
9. Usine fabricant des objets en alfa, plante dont les feuilles servent à la confection de paniers, de cordages…
10. Village près de Saïda.

Repérer et analyser

Le cadre et l'action

1 À quel moment de la journée et dans quel lieu la scène se déroule-t-elle ? Dans quelle pièce précisément ?

2 Que vient faire Georges Duroy dans ce lieu ?

Le parcours de Georges Duroy

Les femmes : Mme Forestier

3 **a.** Relevez, au début de l'extrait, la phrase qui montre que Georges Duroy observe Mme Forestier avec attention. Quels détails de son corps remarque-t-il particulièrement ?

b. Montrez, en relevant les notations qui se réfèrent aux sens (formes, couleurs, parfums, douceur, tiédeur…), qu'il la voit comme une femme séduisante.

4 **a.** Quelles sont les qualités intellectuelles de Mme Forestier ?

b. Montrez, en vous appuyant sur le texte, qu'elle rejette le rôle traditionnel de la femme d'une part, de la femme mariée d'autre part.

c. Quel regard Duroy porte-t-il sur elle à la fin de l'extrait (« Et Duroy, les yeux levés […] sa pensée. », l. 124 à 126) ? Ce regard a-t-il changé par rapport au début ? Justifiez votre réponse.

5 Dans cette relation qui s'instaure, Duroy est-il en position de dominant ou de dominé ?

L'apprentissage du métier de journaliste

6 **a.** Quel est le sujet de l'article que Georges Duroy doit écrire ? Quelle est sa contribution à l'écriture de son article ?

b. En quoi Mme Forestier se présente-t-elle comme une précieuse aide pour lui ? Quelle porte lui ouvre-t-elle ?

7 **a.** Montrez, en vous appuyant sur le texte, que Mme Forestier a des talents de journaliste. Pour répondre, dites comment elle s'y prend pour capter l'attention du lecteur (choix d'un destinataire, alternance d'aspects sérieux et d'anecdotes plus légères, emploi de différents registres : humoristique, didactique, dramatique…).

b. Respecte-t-elle toujours la vérité ?

La scène

8 Quelle est la durée approximative de cette scène ?

9 **a.** Par quels procédés le narrateur ralentit-il le récit ?
b. À plusieurs reprises, le narrateur accélère au contraire le rythme par des récits de paroles (voir leçon p. 23). Retrouvez ces passages.

La visée et les hypothèses de lecture

10 Quelle image le narrateur donne-t-il du métier de journaliste au XIXe siècle ?

11 Quel personnage mène le jeu dans cet extrait ? Quelle place Mme Forestier tiendra-t-elle selon vous dans la vie de Duroy ?

Enquêter

La presse et l'information en 1880

12 Recherchez le titre des principaux journaux de l'époque. Quelles étaient leurs caractéristiques ?

13 Comment se diffusait l'information en 1880 ? Et maintenant ? Récapitulez les différences entre le système d'information de l'époque et le nôtre.

Débattre

Travailler seul(e) ou se faire aider ?

14 On vous explique que, le plus souvent, il est plus efficace de travailler seul(e) pour préparer un travail scolaire. Recherchez les arguments qui appuient cette recommandation.
Pourtant, il peut parfois être profitable de demander de l'aide. Dans quels cas ? Auprès de qui peut-on trouver une aide intéressante ? Quelles en sont les limites ?
Réfléchissez également au rôle que peut jouer Internet, aux avantages et aux inconvénients de cet outil.

Extrait 6

« Il devint [...] un remarquable reporter... »

Son article paraît le lendemain, il en est extrêmement fier. Il démissionne de son emploi de bureau et fait ses débuts à La Vie Française *sous la direction du journaliste surnommé Saint-Potin. Laborieusement, il écrit seul un deuxième article sur l'Algérie, qui ne paraît pas.*

En entrant quelques heures plus tard dans les bureaux de la rédaction, il se présenta devant M. Walter.

– J'ai été tout surpris ce matin, monsieur, de ne pas trouver mon second article sur l'Algérie.

Le directeur leva la tête, et d'une voix sèche : – Je l'ai donné à votre ami Forestier, en le priant de le lire, il ne l'a pas trouvé suffisant ; il faudra me le refaire.

Duroy, furieux, sortit sans répondre un mot, et, pénétrant brusquement dans le cabinet de son camarade : – Pourquoi n'as-tu pas fait paraître, ce matin, ma chronique ?

Le journaliste fumait une cigarette, le dos au fond de son fauteuil et les pieds sur sa table, salissant de ses talons un article commencé. Il articula tranquillement avec un son de voix ennuyé et lointain, comme s'il parlait du fond d'un trou : – Le patron l'a trouvé mauvais, et m'a chargé de te le remettre pour le recommencer. Tiens, le voilà. Et il indiquait du doigt les feuilles dépliées sous un presse-papier.

Duroy, confondu, ne trouva rien à dire, et, comme il mettait sa prose dans sa poche, Forestier reprit : – Aujourd'hui tu vas te rendre d'abord à la préfecture...

Et il indiqua une série de courses d'affaires, de nouvelles à recueillir. Duroy s'en alla, sans avoir pu découvrir le mot mordant qu'il cherchait.

Il rapporta son article le lendemain. Il lui fut rendu de nouveau. L'ayant refait une troisième fois, et le voyant refusé, il comprit qu'il allait trop vite et que la main de Forestier pouvait seule l'aider dans sa route.

Il ne parla donc plus des *Souvenirs d'un chasseur d'Afrique*, en se promettant d'être souple et rusé, puisqu'il le fallait, et de faire, en attendant mieux, son métier de reporter avec zèle.

Il connut les coulisses des théâtres et celles de la politique, les corridors[1] et le vestibule[2] des hommes d'État et de la Chambre des députés, les figures importantes des attachés de cabinet[3] et les mines renfrognées[4] des huissiers[5] endormis. Il eut des rapports continus avec des ministres, des concierges, des généraux, des agents de police, des princes, des souteneurs, des courtisanes, des ambassadeurs, des évêques, des proxénètes, des rastaquouères[6], des hommes du monde, des grecs[7], des cochers de fiacre[8], des garçons de café et bien d'autres, étant devenu l'ami intéressé et indifférent de tous ces gens, les confondant dans son estime, les toisant à la même mesure, les jugeant avec le même œil, à force de les voir tous les jours, à toute heure, sans transition d'esprit, et de parler avec eux tous des mêmes affaires concernant son métier. Il se comparait lui-même à un homme qui goûterait, coup sur coup, les échantillons de tous les vins et ne distinguerait bientôt plus le Château-Margaux[9] de l'Argenteuil[10].

1. Couloirs.
2. Pièce d'entrée.
3. Personnes travaillant dans le groupe de conseillers d'un ministre.
4. Contractées sous l'effet de la mauvaise humeur.
5. Employés préposés au service des ministères ou des assemblées.
6. Individus dont les moyens d'existence sont louches et à l'élégance de mauvais goût.
7. Tricheurs (argot).
8. Voiture à cheval.
9. Grand cru de Bordeaux.
10. Vin ordinaire produit en région parisienne (jusqu'à la fin du XIXe siècle).

Il devint en peu de temps un remarquable reporter, sûr de ses informations, rusé, rapide, subtil, une vraie valeur pour le journal, comme disait le père Walter, qui s'y connaissait en rédacteurs.

Cependant, comme il ne touchait que dix centimes la ligne, plus ses deux cents francs de fixe, et comme la vie de boulevard, la vie de café, la vie de restaurant coûte cher, il n'avait jamais le sou et se désolait de sa misère.

C'est un truc à saisir, pensait-il, en voyant certains confrères aller la poche pleine d'or, sans jamais comprendre quels moyens secrets ils pouvaient bien employer pour se procurer cette aisance. Et il soupçonnait avec envie des procédés inconnus et suspects, des services rendus, toute une contrebande acceptée et consentie. Or, il lui fallait pénétrer le mystère, entrer dans l'association tacite[11], s'imposer aux camarades qui partageaient sans lui.

Et il rêvait souvent le soir, en regardant de sa fenêtre passer les trains, aux procédés qu'il pourrait employer.

Extrait de la première partie, chapitre IV.

11. Sous-entendue, convenue entre plusieurs personnes.

Repérer et analyser

Le parcours de Georges Duroy

Le journaliste

1 **a.** Quel premier échec professionnel Duroy connaît-il ?
b. En quoi, à la suite de cet échec, se montre-t-il « souple et rusé » (l. 29) ? À quelle activité décide-t-il de s'adonner à fond ?

2 L'accumulation

L'accumulation est une figure de style qui consiste à énumérer une longue série de termes de même nature et de même fonction.

Repérez l'accumulation qui présente les différentes couches sociales que Duroy est amené à côtoyer dans son métier.
Les termes sont-ils classés ? Quel est l'effet produit par cette accumulation ?

3 De quelles qualités professionnelles Duroy fait-il preuve dans sa nouvelle activité (« Il connut [...] rédacteurs. », l. 31 à 51) ? Pour répondre :
a. relevez tous les termes qui se réfèrent à l'observation et à la communication ;
b. relevez les adjectifs précis qui caractérisent Georges Duroy ;
c. relevez les termes qui montrent qu'il ne fait aucune différence entre ses interlocuteurs ;
d. expliquez la comparaison utilisée : ne plus distinguer un bon vin d'un vin ordinaire est-il une qualité pour un goûteur de vins ? Alors pourquoi le fait de n'être plus capable de distinguer le rang de ses interlocuteurs est-il une qualité pour un journaliste ?

4 La nouvelle activité professionnelle de Georges Duroy lui apporte-t-elle l'aisance financière ?

L'ambition

5 **a.** À quoi Georges Duroy fait-il référence quand il pense : « C'est un truc à saisir » (l. 56) ? Cette expression renvoie-t-elle à des procédés légaux ? Justifiez votre réponse.
b. À quoi Duroy est-il en fait prêt ?

Le rythme de la narration et la fréquence narrative

6 **a.** Délimitez le passage de cet extrait qui constitue une scène. Justifiez votre découpage.
b. Quels sont les personnages en présence dans cette scène ? Quel est l'enjeu de cette scène ? Quel est l'intérêt de l'avoir présentée ?

La fréquence narrative

On appelle fréquence narrative le rapport entre le nombre de fois où un événement s'est produit dans l'histoire et le nombre de fois où cet événement est raconté dans la narration.
Le narrateur peut choisir de raconter une fois :
– ce qui s'est passé une seule fois dans l'histoire (cas le plus courant) ;
– ce qui s'est passé plusieurs fois dans l'histoire.

7 **a.** Quelles sont les activités de Duroy citées dans les lignes 31 à 51 (« Il connut les coulisses [...] en rédacteurs. ») ? S'agit-il d'actions uniques ou répétées ?
b. Quel est le temps verbal dominant employé dans ce passage ? Justifiez son emploi.

8 À partir de la ligne 52 (« Cependant, comme il ne touchait... »), quel est le temps verbal dominant ? Relevez des exemples de verbes qui expriment des actions répétées, puis de verbes qui expriment un état (situation matérielle ou état d'esprit).

La visée et les hypothèses de lecture

9 Quelle vision du journalisme est donnée dans cet extrait (aspects positifs et aspects négatifs) ?

10 En quoi Duroy a-t-il évolué depuis le début du roman ? Que laissent présager les dernières lignes quant à la suite de son parcours ?

Écrire

Écrire une lettre

11 Georges Duroy, qui n'a pas écrit à ses parents (voir l'extrait 5) depuis deux mois, leur envoie une lettre développant les nouveaux aspects de son existence et leur annonçant sa réussite prochaine.

Extrait 7

« Ah ! Bel-Ami ! »

Le temps passe : « Deux mois s'étaient écoulés ; on touchait à septembre ». Mais comme la situation de Duroy ne progresse plus, il décide alors d'aller rendre visite à Clotilde de Marelle. Il va la voir deux fois à quelques jours d'intervalle, progresse dans l'intimité de la jeune femme et devient l'ami de sa fille Laurine. Elle l'invite ensuite au restaurant avec les Forestier. Dans le fiacre, au retour, il l'embrasse et elle lui demande de venir déjeuner chez elle le lendemain.

Quand ils eurent fini de manger, ils rentrèrent dans le salon, et reprirent leur place sur le canapé, côte à côte.

Peu à peu, il se serrait contre elle, essayant de l'étreindre. Mais elle le repoussait avec calme : – Prenez garde, on pourrait entrer.

Il murmura : – Quand pourrai-je vous voir bien seule pour vous dire comme je vous aime ?

Elle se pencha vers son oreille, et prononça tout bas :

– J'irai vous faire une petite visite chez vous un de ces jours.

Il se sentit rougir : – C'est que… chez moi… c'est… c'est bien modeste…

Elle sourit : – Ça ne fait rien. C'est vous que j'irai voir et non pas l'appartement.

Alors il la pressa pour savoir quand elle viendrait. Elle fixa un jour éloigné de la semaine suivante, et il la supplia d'avancer la date, avec des paroles balbutiées, des yeux luisants, en lui maniant et lui broyant les mains, le visage rouge, enfiévré, ravagé de désir, de ce désir impétueux qui suit les repas en tête-à-tête.

Elle s'amusait de le voir l'implorer avec cette ardeur, et cédait un jour, de temps en temps. Mais il répétait :

– Demain… dites… demain.

Elle y consentit à la fin : – Oui. Demain. Cinq heures.

Il poussa un long soupir de joie ; et ils causèrent presque tranquillement, avec des allures d'intimité, comme s'ils se fussent connus depuis vingt ans.

Un coup de timbre les fit tressaillir ; et, d'une secousse, ils s'éloignèrent l'un de l'autre.

Elle murmura : – Ce doit être Laurine.

L'enfant parut, puis s'arrêta interdite[1], puis courut vers Duroy en battant des mains, transportée de plaisir en l'apercevant, et elle cria : – Ah ! Bel-Ami !

Mme de Marelle se mit à rire :

– Tiens ! Bel-Ami ! Laurine vous a baptisé ! C'est un bon petit nom d'amitié pour vous, ça ; moi aussi je vous appellerai Bel-Ami !

Il avait pris sur ses genoux la fillette, et il dut jouer avec elle à tous les petits jeux qu'il lui avait appris.

Il se leva à trois heures moins vingt minutes, pour se rendre au journal ; et, sur l'escalier, par la porte entr'ouverte il murmura encore, du bout des lèvres :

– Demain. Cinq heures.

La jeune femme répondit : « Oui », d'un sourire, et disparut.

Dès qu'il eut fini sa besogne journalière, il songea à la façon dont il arrangerait sa chambre pour recevoir sa maîtresse et dissimuler le mieux possible la pauvreté du local. Il eut l'idée d'épingler sur les murs de menus bibelots japonais, et il acheta pour cinq francs toute une collection de crépons[2], de petits éventails et de petits écrans, dont il cacha les taches trop visibles du papier. Il appliqua sur les vitres de la fenêtre des images

1. Très étonnée.
2. Papiers fins utilisés pour décorer.

transparentes représentant des bateaux sur des rivières, des vols d'oiseaux à travers des ciels rouges, des dames multicolores sur des balcons et des processions de petits bonshommes noirs dans des plaines remplies de neige.

Son logis, grand tout juste pour y dormir et s'y asseoir, eut bientôt l'air de l'intérieur d'une lanterne de papier peint. Il jugea l'effet satisfaisant, et il passa la soirée à coller sur le plafond des oiseaux découpés dans des feuilles coloriées qui lui restaient.

Puis il se coucha, bercé par le sifflet des trains.

Il rentra de bonne heure le lendemain, portant un sac de gâteaux et une bouteille de madère[3] achetée chez l'épicier. Il dut ressortir pour se procurer deux assiettes et deux verres ; et il disposa cette collation[4] sur sa table de toilette, dont le bois sale fut caché par une serviette ; la cuvette et le pot à l'eau étant dissimulés par-dessous.

Puis il attendit.

Elle arriva vers cinq heures un quart, et, séduite par le papillotement[5] coloré des dessins, elle s'écria : – Tiens, c'est gentil, chez vous. Mais il y a bien du monde dans l'escalier.

Il l'avait prise dans ses bras, et il baisait ses cheveux avec emportement, entre le front et le chapeau, à travers le voile[6].

Extrait de la première partie, chapitre V.

3. Vin venu de l'île de Madère.
4. Repas léger, que l'on prend à toute heure.
5. Effet produit par une multitude de points lumineux.
6. Au XIXe siècle, tissu transparent fixé sur le chapeau d'une femme qui, rabattu devant le visage, dissimulait ses traits.

Angela Lansbury dans le rôle de Clotilde de Marelle.
Bel-Ami, film mis en scène par Albert Lewin, 1947.

Repérer et analyser

Le parcours de Georges Duroy

Les femmes : Mme de Marelle

1 Malgré son attirance pour Mme Forestier, Duroy se tourne vers son amie Mme de Marelle. Pour quelle raison selon vous ?

2 **a.** Quelle est la nature des relations qui sont en train de s'instaurer entre lui et elle ? Montrez, en citant le texte, que Duroy éprouve pour elle un désir très fort.

b. Duroy éprouve-t-il des difficultés à la conquérir ? Justifiez votre réponse. Que réussit-il à obtenir d'elle après quelques supplications de sa part ?

3 Relevez les éléments qui permettent de caractériser le logis de Duroy. Expliquez sa réaction lorsque Mme de Marelle se propose d'aller chez lui.

4 Laurine, la fille de Mme de Marelle, constitue-t-elle un obstacle à cette relation ? Duroy est-il en bons termes avec elle ? Justifiez votre réponse.

Un nouveau nom

5 Quel nom Laurine donne-t-elle à Duroy ? Expliquez ce que signifie cette appellation pour la fillette, en en décomposant les deux éléments.

Le rythme de la narration

Scène, ellipse, sommaire

On dit qu'il y a un sommaire quand le narrateur résume des événements, et qu'il y a une ellipse quand le narrateur passe des événements sous silence. L'ellipse, comme le sommaire, accélèrent le rythme du récit, contrairement à la scène qui le ralentit et permet d'en marquer les temps forts.

6 **a.** Délimitez les lignes qui constituent la scène d'après le déjeuner (première partie de l'extrait).

b. Dans quel lieu cette scène se déroule-t-elle ? Qui sont les personnages présents ?

c. Quels sont les différents moments de cette scène ?

7 **a.** À quelle heure Duroy prend-il congé de Mme de Marelle ? Combien de temps s'écoule-t-il entre ce moment et le moment où Mme de Marelle rend visite à Duroy ?
b. Repérez un sommaire et une ellipse. Pour quelle raison le narrateur a-t-il choisi de présenter la scène entre Duroy et Mme de Marelle et de passer sous silence ou de résumer d'autres moments de l'action ?

Les paroles rapportées

8 Dans la scène principale entre Duroy et Mme de Marelle, le narrateur utilise tour à tour le style direct, le style indirect et le récit de paroles (voir leçon p. 23). Repérez ces différents procédés à partir d'exemples. Justifiez les choix effectués par le narrateur.

La visée et les hypothèses de lecture

9 **a.** En quoi cet extrait représente-t-il une étape importante pour Georges Duroy ?
b. À la lecture de cet extrait, quel sens le titre du roman prend-il ?
c. À quelle suite pouvez-vous vous attendre ?

Écrire

Exercice de réécriture

10 Récrivez au style indirect les phrases écrites au style direct dans les lignes 1 à 13 (« Quand ils eurent [...] l'appartement. »). Vous introduirez les verbes de paroles qui conviennent.

Extrait 8

« Il y a que je n'ai pas le sou… »

Georges Duroy et Clotilde de Marelle deviennent amants. Pour échapper au mauvais voisinage de Bel-Ami, début octobre, Mme de Marelle loue un petit appartement rue de Constantinople. Ils sortent beaucoup. L'argent de Georges fond ; il s'endette et un soir, le 14 décembre, il refuse de sortir. Comme ce refus provoque une querelle, il finit par avouer…

– Il y a que je n'ai pas le sou… Voilà.

Elle s'arrêta net, et le regardant au fond des yeux pour y lire la vérité : – Tu dis ?

Il avait rougi jusqu'aux cheveux : – Je dis que je n'ai pas le sou. Comprends-tu ? Mais pas vingt sous, pas dix sous, pas de quoi payer un verre de cassis dans le café où nous entrerons. Tu me forces à confesser des choses honteuses. Il ne m'était pourtant pas possible de sortir avec toi, et quand nous aurions été attablés devant deux consommations, de te raconter tranquillement que je ne pouvais pas les payer[1]…

Elle le regardait toujours en face :

– Alors… c'est bien vrai… ça ?

En une seconde, il retourna toutes ses poches, celles du pantalon, celles du gilet, celles de la jaquette[2], et il murmura :

– Tiens… es-tu contente… maintenant ?

Brusquement, ouvrant ses deux bras avec un élan passionné, elle lui sauta au cou, en bégayant : – Oh ! mon pauvre chéri… mon pauvre chéri… si j'avais su ! Comment cela t'est-il arrivé ?

1. Au XIXe siècle, selon les codes sociaux en vigueur, il était inconcevable qu'une femme règle les consommations.

2. Veste, boutonnée par devant, ajustée et à basques descendant jusqu'aux genoux.

Elle le fit asseoir, et s'assit elle-même sur ses genoux, puis le tenant par le cou, le baisant à tout instant, baisant sa moustache, sa bouche, ses yeux, elle le força à raconter d'où lui venait cette infortune.

Il inventa une histoire attendrissante. Il avait été obligé de venir en aide à son père qui se trouvait dans l'embarras. Il lui avait donné non seulement toutes ses économies, mais il s'était même endetté gravement.

Il ajouta : – J'en ai pour six mois au moins à crever de faim, car j'ai épuisé toutes mes ressources. Tant pis, il y a des moments de crise dans la vie. L'argent, après tout, ne vaut pas qu'on s'en préoccupe.

Elle lui souffla dans l'oreille : – Je t'en prêterai, veux-tu ?

Il répondit avec dignité : – Tu es bien gentille, ma mignonne, mais ne parlons plus de ça, je te prie. Tu me blesserais.

Elle se tut ; puis, le serrant dans ses bras, elle murmura : – Tu ne sauras jamais comme je t'aime.

Ce fut une de leurs meilleures soirées d'amour.

Comme elle allait partir, elle reprit en souriant :

– Hein ! quand on est dans ta situation, comme c'est amusant de retrouver de l'argent oublié dans une poche, une pièce qui avait glissé dans la doublure.

Il répondit avec conviction : – Ah ! ça oui, par exemple.

Elle voulut rentrer à pied sous prétexte que la lune était admirable, et elle s'extasiait en la regardant.

C'était une nuit froide et sereine du commencement de l'hiver. Les passants et les chevaux allaient vite, piqués par une claire gelée. Les talons sonnaient sur les trottoirs.

En le quittant, elle demanda :

– Veux-tu nous revoir après-demain ?

– Mais oui, certainement.

– À la même heure ?

– À la même heure.

– Adieu, mon chéri.

Et ils s'embrassèrent tendrement.

Puis il revint à grands pas, se demandant ce qu'il inventerait le lendemain, afin de se tirer d'affaire. Mais, comme il ouvrait la porte de sa chambre, il fouilla dans la poche de son gilet pour y trouver des allumettes, et il demeura stupéfait de rencontrer une pièce de monnaie qui roulait sous son doigt.

Dès qu'il eut de la lumière, il saisit cette pièce pour l'examiner. C'était un louis de vingt francs !

Il se pensa devenu fou.

Il le tourna, le retourna, cherchant par quel miracle cet argent se trouvait là. Il n'avait pourtant pas pu tomber du ciel dans sa poche.

Puis, tout à coup, il devina, et une colère indignée le saisit. Sa maîtresse avait parlé, en effet, de monnaie glissée dans la doublure et qu'on retrouvait aux heures de pauvreté. C'était elle qui lui avait fait cette aumône. Quelle honte !

Il jura : – Ah bien ! je vais la recevoir, après-demain ! Elle en passera un joli quart d'heure !

Et il se mit au lit, le cœur agité de fureur et d'humiliation.

Il s'éveilla tard. Il avait faim. Il essaya de se rendormir pour ne se lever qu'à deux heures ; puis il se dit : – Cela ne m'avancera à rien, il faut toujours que je finisse par découvrir de l'argent.

– Puis il sortit, espérant qu'une idée lui viendrait dans la rue.

Il ne lui en vint pas, mais en passant devant chaque restaurant un désir ardent de manger lui mouillait la bouche de salive. À midi, comme il n'avait rien imaginé, il se décida brusquement : « Bah ! je vais déjeuner sur les vingt francs de Clotilde. Cela ne m'empêchera pas de les lui rendre demain. »

Il déjeuna donc dans une brasserie pour deux francs cinquante. En entrant au journal il remit encore trois francs à l'huissier. – Tenez, Foucart, voici ce que vous m'avez prêté hier soir pour ma voiture.

Et il travailla jusqu'à sept heures. Puis il alla dîner et prit de nouveau trois francs sur le même argent. Les deux bocks de la soirée portèrent à neuf francs trente centimes sa dépense du jour.

Mais comme il ne pouvait se refaire un crédit ni se recréer des ressources en vingt-quatre heures, il emprunta encore six francs cinquante le lendemain sur les vingt francs qu'il devait rendre le soir même, de sorte qu'il vint au rendez-vous convenu avec quatre francs vingt dans sa poche.

Il était d'une humeur de chien enragé et se promettait bien de faire nette tout de suite la situation. Il dirait à sa maîtresse :
– Tu sais, j'ai trouvé les vingt francs que tu as mis dans ma poche l'autre jour. Je ne te les rends pas aujourd'hui parce que ma position n'a point changé, et que je n'ai pas eu le temps de m'occuper de la question d'argent. Mais je te les remettrai la première fois que nous nous verrons.

Elle arriva, tendre, empressée, pleine de craintes. Comment allait-il la recevoir ? Et elle l'embrassa avec persistance pour éviter une explication dans les premiers moments.

Il se disait, de son côté : – Il sera bien temps tout à l'heure d'aborder la question. Je vais chercher un joint[3].

Il ne trouva pas de joint et ne dit rien, reculant devant les premiers mots à prononcer sur ce sujet délicat.

Elle ne parla point de sortir et fut charmante de toute façon.

Ils se séparèrent vers minuit, après avoir pris rendez-vous seulement pour le mercredi de la semaine suivante, car Mme de Marelle avait plusieurs dîners en ville de suite.

Le lendemain, en payant son déjeuner, comme Duroy cherchait les quatre pièces de monnaie qui devaient lui rester, il s'aperçut qu'elles étaient cinq, dont une en or.

Au premier moment il crut qu'on lui avait rendu, la veille, vingt francs par mégarde ; puis il comprit, et il sentit une

3. Un moment favorable pour parler.

palpitation de cœur sous l'humiliation de cette aumône persévérante.

Comme il regretta de n'avoir rien dit ! S'il avait parlé avec énergie, cela ne serait point arrivé.

Pendant quatre jours il fit des démarches et des efforts aussi nombreux qu'inutiles pour se procurer cinq louis, ct il mangea le second de Clotilde.

Elle trouva moyen, – bien qu'il lui eût dit, d'un air furieux : « Tu sais, ne recommence pas la plaisanterie des autres soirs, parce que je me fâcherais », – de glisser encore vingt francs dans la poche de son pantalon, la première fois qu'ils se rencontrèrent.

Quand il les découvrit, il jura « Nom de Dieu ! » et il les transporta dans son gilet pour les avoir sous la main, car il se trouvait sans un centime.

Il apaisait sa conscience par ce raisonnement : « Je lui rendrai le tout en bloc. Ce n'est en somme que de l'argent prêté. »

Enfin le caissier du journal, sur ses prières désespérées, consentit à lui donner cent sous par jour. C'était tout juste assez pour manger, mais pas assez pour restituer soixante francs.

Or, comme Clotilde fut reprise de sa rage pour les excursions nocturnes dans tous les lieux suspects de Paris, il finit par ne plus s'irriter outre mesure de trouver un jaunet[4] dans une de ses poches, un jour même dans sa bottine, et un autre jour dans la boîte de sa montre, après leurs promenades aventureuses.

Puisqu'elle avait des envies qu'il ne pouvait satisfaire dans le moment, n'était-il pas naturel qu'elle les payât plutôt que de s'en priver ?

Il tenait compte d'ailleurs de tout ce qu'il recevait ainsi, pour le lui restituer un jour.

Extrait de la première partie, chapitre V.

4. Une pièce d'or.

Repérer et analyser

Le parcours de Georges Duroy

Les avancées et les difficultés

1 Combien de temps s'est-il écoulé depuis que Duroy a rencontré Forestier ? Pour répondre, appuyez-vous sur les indications temporelles.

2 Où en est-il de son parcours professionnel ? sentimental ? Dans quelle situation financière est-il ? Justifiez votre réponse.

Le rôle de Mme de Marelle

3 Comment Mme de Marelle réagit-elle à l'annonce du manque d'argent de son amant ? En quoi, à votre avis, cette situation renforce-t-elle ses sentiments à son égard ?

4 Quelle aide Mme de Marelle apporte-t-elle à Duroy ? Comment s'y prend-elle ? Montrez qu'elle transforme « l'aumône » en un jeu.

Le rapport à l'argent

5 Montrez que Duroy est obsédé par l'argent. Pour répondre, reprenez le compte exact de ses dépenses et de ses dettes.

6 Analysez l'évolution des réactions de Duroy à chaque fois qu'il reçoit une nouvelle pièce (« Mais, comme il ouvrait la porte […] plusieurs dîners en ville de suite. », l. 55 à 113 ; « Le lendemain, en payant […] ils se rencontrèrent. », l. 114 à 130 ; « Quand il les découvrit […] soixante francs. », l. 131 à 139) et lorsqu'il reçoit les louis suivants (« Or, comme Clotilde […] restituer un jour. », l. 140 à 149). Quels scrupules avait-il au début ? A-t-il toujours les mêmes scrupules à la fin ?

Le point de vue

7 Relisez les lignes 54 à 71.

a. Délimitez les lignes qui constituent les passages narratifs et qui présentent les actions de Duroy.

b. Identifiez les passages au style direct, indirect, indirect libre (voir leçon p. 23) qui dévoilent ses pensées ou ce qu'il se dit à lui-même.

c. Montrez que le narrateur adopte majoritairement le point de vue omniscient. Citez un passage dans lequel il adopte le point de vue interne.

d. Montrez à partir de ces réponses que le narrateur présente en alternance les actions de Duroy et ses pensées ou paroles. Trouvez dans l'extrait d'autres passages qui présentent cette même alternance. Quel intérêt cette manière de procéder a-t-elle pour le lecteur ?

8 Relevez dans les lignes 103 à 105 le passage précis dans lequel le narrateur adopte le point de vue de Mme de Marelle. Quel est l'état d'esprit de Mme de Marelle à ce moment-là ? Quelle en est la cause ?

Le rythme de la narration

9 **a.** Cet extrait est rythmé par les rencontres de Duroy et de Mme de Marelle. Que se passe-t-il durant et entre ces rencontres ?
b. Laquelle de ces rencontres est traitée sous la forme d'une scène ? Laquelle sous la forme d'un sommaire (voir leçon p. 56) ?

10 Montrez qu'au cours de l'extrait, le rythme s'accélère :
a. déterminez le nombre de jours qui s'écoulent et relevez quelques ellipses ;
b. dites combien de lignes sont consacrées à l'épisode du premier louis (l. 55 à 113), du second louis (l. 114 à 130), du troisième louis (l. 131 à 139) et des louis suivants.

11 En quoi l'accélération du rythme traduit-elle une évolution chez le personnage de Duroy ?

La visée et les hypothèses de lecture

12 Dans cet extrait, quelle image est donnée de Clotilde de Marelle ?

13 Quel nouvel aspect de Duroy est présenté dans cet épisode ? Est-il dans une situation que l'on peut qualifier d'humiliante ?

14 Quelles hypothèses faites-vous sur la suite du roman ? Pensez-vous que Duroy va se satisfaire de cette situation ?

Écrire

Exercice de réécriture

15 « Comment allait-il la recevoir ? » (l. 103-104) : récrivez au style direct puis au style indirect ce passage écrit au style indirect libre. Quelles transformations avez-vous effectuées dans l'un et l'autre cas ?

Extrait 9

« C'est entendu, nous sommes des amis ? »

Un soir, Clotilde de Marelle demande à Georges Duroy de l'emmener aux Folies-Bergère (voir fin de l'extrait 2). Elle y découvre alors sa liaison avec Rachel, la prostituée qu'il avait revue à plusieurs reprises, et rompt brutalement avec Duroy. Ce dernier est toujours en quête d'argent et vit plutôt difficilement.

Forestier, malade, affaibli, toussant toujours, lui faisait, au journal, une existence pénible, semblait se creuser l'esprit pour lui trouver des corvées ennuyeuses. Un jour même dans un moment d'irritation nerveuse, et après une longue quinte d'étouffement, comme Duroy ne lui apportait pas un renseignement demandé, il grogna : – Cristi[1], tu es plus bête que je n'aurais cru.

L'autre faillit le gifler, mais il se contint et s'en alla en murmurant : « Toi, je te rattraperai. » Une pensée rapide lui traversa l'esprit, et il ajouta : « Je te vas faire cocu, mon vieux. » Et il s'en alla en se frottant les mains, réjoui par ce projet.

Il voulut, dès le jour suivant, en commencer l'exécution. Il fit à Mme Forestier une visite en éclaireur[2].

Il la trouva qui lisait un livre, étendue tout au long sur son canapé.

1. Juron populaire exprimant la contrariété, l'agacement ou l'impatience, forme abrégée de « sacristi » ; on trouve aussi « sapristi ».

2. Personne qui cherche des renseignements (terme emprunté au vocabulaire militaire).

Elle lui tendit la main, sans bouger, tournant seulement la tête, et elle dit : – Bonjour, Bel-Ami ! Il eut la sensation d'un soufflet[3] reçu : – Pourquoi m'appelez-vous ainsi ?

Elle répondit en souriant : – J'ai vu Mme de Marelle l'autre semaine, et j'ai su comment on vous avait baptisé chez elle.

Il se rassura devant l'air aimable de la jeune femme. Comment aurait-il pu craindre, d'ailleurs ?

Elle reprit :

– Vous la gâtez ! Quant à moi, on me vient voir quand on y pense, les trente-six du mois, ou peu s'en faut ?

Il s'était assis près d'elle et il la regardait avec une curiosité nouvelle, une curiosité d'amateur qui bibelote[4]. Elle était charmante, blonde d'un blond tendre et chaud, faite pour les caresses ; et il pensa : « Elle est mieux que l'autre certainement. » Il ne doutait point du succès, il n'aurait qu'à allonger la main, lui semblait-il, et à la prendre, comme on cueille un fruit.

Il dit résolument : – Je ne venais point vous voir parce que cela valait mieux.

Elle demanda, sans comprendre : – Comment ? Pourquoi ?

– Pourquoi ? Vous ne devinez pas ?

– Non, pas du tout.

– Parce que je suis amoureux de vous... oh ! un peu, rien qu'un peu... et que je ne veux pas le devenir tout à fait...

Elle ne parut ni étonnée, ni choquée, ni flattée ; elle continuait à sourire du même sourire indifférent, et elle répondit avec tranquillité :

– Oh ! vous pouvez venir tout de même. On n'est jamais amoureux de moi longtemps.

Il fut surpris du ton plus encore que des paroles, et il demanda : – Pourquoi ?

| **3.** Gifle. | **4.** Collectionne des bibelots, c'est-à-dire des petits objets servant à la décoration.

– Parce que c'est inutile et que je le fais comprendre tout de suite. Si vous m'aviez raconté plus tôt votre crainte je vous aurais rassuré et engagé au contraire à venir le plus possible.

Il s'écria, d'un ton pathétique[5] : – Avec ça qu'on peut commander aux sentiments !

Elle se tourna vers lui : – Mon cher ami, pour moi un homme amoureux est rayé du nombre des vivants. Il devient idiot, pas seulement idiot, mais dangereux. Je cesse, avec les gens qui m'aiment d'amour ou qui le prétendent, toute relation intime, parce qu'ils m'ennuient d'abord, et puis parce qu'ils me sont suspects comme un chien enragé qui peut avoir une crise. Je les mets donc en quarantaine morale[6] jusqu'à ce que leur maladie soit passée. Ne l'oubliez point. Je sais bien que chez vous l'amour n'est autre chose qu'une espèce d'appétit, tandis que chez moi ce serait, au contraire, une espèce de… de… de communion des âmes qui n'entre pas dans la religion des hommes ! Vous en comprenez la lettre, et moi l'esprit. Mais… regardez-moi bien en face…

Elle ne souriait plus. Elle avait un visage calme et froid, et elle dit en appuyant sur chaque mot : – Je ne serai jamais, jamais votre maîtresse, entendez-vous. Il est donc absolument inutile, il serait même mauvais pour vous de persister dans ce désir… Et maintenant que… l'opération est faite… voulez-vous que nous soyons amis, bons amis, mais là, de vrais amis, sans arrière-pensée ?…

Il avait compris que toute tentative resterait stérile[7] devant cette sentence[8] sans appel. Il en prit son parti tout de suite, franchement, et, ravi de pouvoir se faire cette alliée dans l'existence, il lui tendit les deux mains :

5. Qui provoque une émotion profonde (douleur, pitié, tristesse).
6. À l'écart. La quarantaine est à l'origine un isolement de quarante jours imposé aux personnes contagieuses.
7. Inutile, vaine.
8. Décision, jugement.

– Je suis à vous, madame, comme il vous plaira.

Elle sentit la sincérité de la pensée dans la voix, et elle donna ses mains.

Il les baisa, l'une après l'autre, puis il dit simplement en relevant la tête :

– Cristi, si j'avais trouvé une femme comme vous, avec quel bonheur je l'aurais épousée !

Elle fut touchée, cette fois, caressée par cette phrase comme les femmes le sont par les compliments qui trouvent leur cœur, et elle lui jeta un de ces regards rapides et reconnaissants qui nous font leurs esclaves.

Puis, comme il ne trouvait pas de transition pour reprendre la conversation, elle prononça, d'une voix douce, en posant un doigt sur son bras :

– Et je vais commencer tout de suite mon métier d'amie. Vous êtes maladroit, mon cher...

Elle hésita, et demanda :

– Puis-je parler librement ?

– Oui.

– Tout à fait ?

– Tout à fait.

– Eh bien ! allez donc voir Madame Walter, qui vous apprécie beaucoup, et plaisez-lui. Vous trouverez à placer par là vos compliments, bien qu'elle soit honnête, entendez-moi bien, tout à fait honnête. Oh ! pas d'espoir de... de maraudage[9] non plus de ce côté. Vous y pourrez trouver mieux, en vous faisant bien voir. Je sais que vous occupez encore dans le journal une place inférieure. Mais ne craignez rien, ils reçoivent tous leurs rédacteurs avec la même bienveillance. Allez-y, croyez-moi.

Il dit, en souriant :

9. Voir note 11, p. 36 (extrait 4).

– Merci, vous êtes un ange… un ange gardien. Puis ils parlèrent de choses et d'autres.

Il resta longtemps, voulant prouver qu'il avait plaisir à se trouver près d'elle ; et, en la quittant, il demanda encore :

– C'est entendu, nous sommes des amis ?

– C'est entendu.

Comme il avait senti l'effet de son compliment, tout à l'heure, il l'appuya, ajoutant :

– Et si vous devenez jamais veuve. Je m'inscris.

Puis il se sauva bien vite pour ne point lui laisser le loisir de se fâcher.

Extrait de la première partie, chapitre VI.

Illustration de Jean-Émile Laboureur (1877-1943) pour *Bel-Ami*.

Repérer et analyser

Le narrateur

Il arrive que le narrateur intervienne au cours de son récit pour faire des commentaires. Il peut intervenir de manière explicite, en utilisant le pronom de la première personne (je, nous), ou de manière implicite, plus discrètement.

1 Retrouvez dans les lignes 78 à 90 (« Elle sentit la sincérité [...] sur son bras : ») un commentaire du narrateur. Le commentaire est-il explicite ou implicite ? Sur quoi porte-t-il ?

Le parcours de Georges Duroy

Le séducteur

2 **a.** Quelle est la situation financière et amoureuse de Georges Duroy au début de l'extrait ?
b. Pour quelle raison Duroy prend-il, à ce moment du roman, la décision de séduire Mme Forestier ? Éprouve-t-il un sentiment pour elle ? Justifiez votre réponse.

3 **a.** Quel regard Duroy porte-t-il sur Mme Forestier au début de l'entrevue ? Pense-t-il pouvoir la séduire facilement ? Appuyez-vous sur le texte.
b. Quelle stratégie suit-il pour la conquérir ? Combien de tentatives fait-il ? Quel ton adopte-t-il lors de sa dernière tentative (« Il s'écria [...] aux sentiments ! », l. 51-52) ?

4 **a.** À quel moment Duroy comprend-il à quelle femme il a affaire ? Citez le passage.
b. Montrez, en citant encore le texte, que malgré son échec auprès de Mme Forestier et sa décision de ne pas aller plus loin, il demeure habile dans ses propos. Quelle est la phrase de Duroy qui émeut Madeleine Forestier ?
c. Quelles relations réussit-il à instaurer finalement avec Mme Forestier ?

Le rôle de Mme Forestier

5 Duroy, malgré son échec auprès de Mme Forestier, abandonne-t-il la partie ou perçoit-il qu'une telle relation pourra toutefois lui être utile ? Justifiez votre réponse.

6 Le schéma actantiel

Le schéma actantiel permet d'identifier les forces agissantes qui s'exercent sur un personnage ou **sujet** :
- **le destinateur** (ce qui le pousse à agir : désir de réussir, jalousie…)
- **l'objet de la quête** (ce qu'il cherche à obtenir)
- **les adjuvants** (les aides)
- **les opposants**
- **le bénéficiaire** (celui à qui la quête profite)

a. Expliquez en quoi Mme Forestier, d'« objet » à conquérir, devient « adjuvant ».
b. Quel autre « objet » de conquête propose-t-elle à Duroy ? Quel conseil lui donne-t-elle précisément ?
c. Pour quelle raison cette nouvelle relation pourrait-elle faire évoluer Duroy dans son parcours ?

Le personnage de Mme Forestier

7 Relevez les termes qui marquent toute la détermination de Mme Forestier à ne pas se laisser séduire. En quoi diffère-t-elle de Mme de Marelle ?

8 **a.** Pour quelle raison Mme Forestier fuit-elle les hommes amoureux ?
b. Quelle est sa conception de l'amour ? Pour quelle raison sa conception ne peut-elle s'accorder avec celle des hommes ? Justifiez votre réponse.

Les signes prémonitoires et anticipations

9 **a.** Relevez les expressions qui montrent que la maladie de Forestier se développe.
b. Quelle plaisanterie Duroy fait-il à la fin de l'extrait ?
c. En quoi cette plaisanterie peut-elle apparaître comme prémonitoire pour le lecteur ?

Les hypothèses de lecture

10 En quoi, selon vous, cet extrait oriente-t-il le roman dans une autre direction ?

Extrait 10

« Il fut nommé chef des Échos… »

Duroy suit le conseil de Mme Forestier. Il rend une visite à Mme Walter qui reçoit tous les samedis et se fait apprécier par l'ensemble des dames présentes.

La semaine suivante lui apporta deux événements. Il fut nommé chef des Échos[1] et invité à dîner chez Mme Walter. Il vit tout de suite un lien entre les deux nouvelles.

La Vie Française était avant tout un journal d'argent, le patron étant un homme d'argent à qui la presse et la députation[2] avaient servi de leviers. Se faisant de la bonhomie[3] une arme, il avait toujours manœuvré sous un masque souriant de brave homme, mais il n'employait à ses besognes, quelles qu'elles fussent, que des gens qu'il avait tâtés, éprouvés, flairés, qu'il sentait retors[4], audacieux et souples. Duroy, nommé chef des Échos, lui semblait un garçon précieux.

Cette fonction avait été remplie jusque-là par le secrétaire de la rédaction, M. Boisrenard, un vieux journaliste correct, ponctuel et méticuleux[5] comme un employé. Depuis trente ans il avait été secrétaire de la rédaction de onze journaux différents, sans modifier en rien sa manière de faire ou de voir. Il passait d'une rédaction dans une autre comme on change de restaurant, s'apercevant à peine que la cuisine n'avait pas tout à fait le même goût. Les opinions politiques et religieuses

1. Rubrique consacrée aux petites nouvelles mondaines ou locales, aux informations sur les à-côtés de la politique.
2. Fonction de député.
3. Comportement de bonhomme, simplicité unie à la bonté.
4. Très rusés, usant de moyens détournés pour arriver à leur but.
5. Très attentif aux moindres détails.

lui demeuraient étrangères. Il était dévoué au journal quel qu'il fût, entendu dans la besogne, et précieux par son expérience. Il travaillait comme un aveugle qui ne voit rien, comme un sourd qui n'entend rien, et comme un muet qui ne parle jamais de rien. Il avait cependant une grande loyauté professionnelle, et ne se fût point prêté à une chose qu'il n'aurait pas jugée honnête, loyale et correcte, au point de vue spécial de son métier.

M. Walter, qui l'appréciait cependant, avait souvent désiré un autre homme pour lui confier les Échos, qui sont, disait-il, la moelle du journal. C'est par eux qu'on lance les nouvelles, qu'on fait courir les bruits, qu'on agit sur le public et sur la rente[6]. Entre deux soirées mondaines il faut savoir glisser, sans avoir l'air de rien, la chose importante, plutôt insinuée que dite. Il faut, par des sous-entendus, laisser deviner ce qu'on veut, démentir de telle sorte que la rumeur s'affirme, ou affirmer de telle manière que personne ne croie au fait annoncé. Il faut que, dans les échos, chacun trouve, chaque jour, une ligne au moins qui l'intéresse, afin que tout le monde les lise. Il faut penser à tout et à tous, à tous les mondes, à toutes les professions, à Paris et à la Province, à l'Armée et aux Peintres, au Clergé et à l'Université, aux Magistrats et aux Courtisanes[7].

L'homme qui les dirige et qui commande au bataillon des reporters doit être toujours en éveil, et toujours en garde, méfiant, prévoyant, rusé, alerte et souple, armé de toutes les astuces et doué d'un flair infaillible pour découvrir la nouvelle fausse du premier coup d'œil, pour juger ce qui est bon à dire et bon à celer[8], pour deviner ce qui portera sur le public, et il doit savoir le présenter de telle façon que l'effet en soit multiplié.

6. Revenu périodique d'un capital. L'équivalent moderne consisterait à parler des cours de la Bourse.

7. Prostituées qui se distinguent par leur élégance.

8. Cacher.

M. Boisrenard, qui avait pour lui une longue pratique, manquait de maîtrise et de chic ; il manquait surtout de la rouerie[9] native qu'il fallait pour pressentir chaque jour les idées secrètes du patron.

Duroy devait faire l'affaire en perfection, et il complétait admirablement la rédaction de cette feuille « qui naviguait sur les fonds de l'État et sur les bas-fonds de la politique », selon l'expression de Norbert de Varenne.

Les inspirateurs et véritables rédacteurs de *La Vie Française* étaient une demi-douzaine de députés intéressés dans toutes les spéculations[10] que lançait ou que soutenait le directeur. On les nommait à la Chambre « la bande à Walter » et on les enviait parce qu'ils devaient gagner de l'argent avec lui et par lui.

Forestier, rédacteur politique, n'était que l'homme de paille[11] de ces hommes d'affaires ; l'exécuteur des intentions, suggérées, par eux. Ils lui soufflaient ses articles de fond qu'il allait toujours écrire chez lui pour être tranquille, disait-il.

Mais, afin de donner au journal une allure littéraire et parisienne, on y avait attaché deux écrivains célèbres en des genres différents, Jacques Rival, chroniqueur d'actualité, et Norbert de Varenne, poète et chroniqueur fantaisiste, ou plutôt conteur, suivant la nouvelle école.

Puis on s'était procuré, à bas prix, des critiques d'art, de peinture, de musique, de théâtre, un rédacteur criminaliste[12] et un rédacteur hippique[13], parmi la grande tribu mercenaire[14] des écrivains à tout faire. Deux femmes du monde, « Domino rose » et « Patte blanche », envoyaient des variétés mondaines, traitaient les questions de mode, de vie élégante, d'étiquette[15],

9. Ruse, habileté sans scrupules.
10. Opérations financières faites pour tirer profit de l'évolution des prix.
11. Prête-nom.
12. Qui s'occupe des crimes.
13. Qui s'occupe des courses de chevaux.
14. Qui perçoit un salaire en contrepartie d'un travail, d'un service (emploi péjoratif).
15. Ensemble des règles à respecter dans la bonne société.

de savoir-vivre, et commettaient des indiscrétions sur les grandes dames.

Et *La Vie Française* « naviguait sur les fonds et bas-fonds », manœuvrée par toutes ces mains différentes.

Duroy était dans toute la joie de sa nomination aux fonctions de chef des Échos quand il reçut un petit carton gravé, où il lut : « M. et Mme Walter prient monsieur Georges Duroy de leur faire le plaisir de venir dîner chez eux le jeudi 20 janvier. »

Cette nouvelle faveur, tombant sur l'autre, l'emplit d'une telle joie qu'il baisa l'invitation comme il eût fait d'une lettre d'amour. Puis il alla trouver le caissier pour traiter la grosse question des fonds.

Un chef des Échos a généralement son budget sur lequel il paye ses reporters et les nouvelles, bonnes ou médiocres, apportées par l'un ou par l'autre, comme les jardiniers apportent leurs fruits chez un marchand de primeurs.

Douze cents francs par mois, au début, étaient alloués à Duroy, qui se proposait bien d'en garder une forte partie.

Le caissier, sur ses représentations pressantes, avait fini par lui avancer quatre cents francs. Il eut, au premier moment, l'intention formelle de renvoyer à Mme de Marelle les deux cent quatre-vingts francs qu'il lui devait, mais il réfléchit presque aussitôt qu'il ne lui resterait plus entre les mains que cent vingt francs, somme tout à fait insuffisante pour faire marcher, d'une façon convenable, son nouveau service, et il remit cette restitution à des temps plus éloignés.

Pendant deux jours, il s'occupa de son installation, car il héritait d'une table particulière et de casiers à lettres, dans la vaste pièce commune à toute la rédaction. Il occupait un bout de cette pièce, tandis que Boisrenard, dont les cheveux d'un noir d'ébène malgré son âge étaient toujours penchés sur une feuille de papier, tenait l'autre bout.

La longue table du centre appartenait aux rédacteurs volants. Généralement elle servait de banc pour s'asseoir, soit les jambes pendantes le long des bords, soit à la turque[16] sur le milieu. Ils étaient quelquefois cinq ou six accroupis sur cette table, et jouant au bilboquet[17] avec persévérance, dans une pose de magots chinois[18].

Duroy avait fini par prendre goût à ce divertissement et il commençait à devenir fort, sous la direction et grâce aux conseils de Saint-Potin.

Forestier, de plus en plus souffrant, lui avait confié son beau bilboquet en bois des Îles, le dernier acheté, qu'il trouvait un peu lourd, et Duroy manœuvrait d'un bras vigoureux la grosse boule noire au bout de sa corde, en comptant tout bas : « Un – deux – trois – quatre – cinq – six. »

Il arriva justement, pour la première fois, à faire vingt points de suite, le jour même où il devait dîner chez Mme Walter. « Bonne journée, pensa-t-il, j'ai tous les succès. » Car l'adresse au bilboquet conférait vraiment une sorte de supériorité, dans les bureaux de *La Vie Française*.

Extrait de la première partie, chapitre VI.

Le soir, Duroy se rend au dîner chez les Walter. Il admire la collection de tableaux de son patron. Il y fait la connaissance de ses deux filles et du député Laroche-Mathieu. Il se réconcilie avec Mme de Marelle. Elle l'invite à dîner chez elle avec les Forestier. Ceux-ci partent pour Cannes en espérant que le climat du Midi améliore l'état de santé de Charles.

16. Accroupis, assis en tailleur.
17. Jouet constitué d'un petit bâton pointu à une extrémité, évasé en forme de coupe à l'autre, sur lequel on doit enfiler, après l'avoir jetée en l'air, une boule percée d'un trou qui lui est reliée par une cordelette. C'est le jeu préféré des journalistes de *La Vie Française*.
18. Bibelots figurant un personnage grotesque, importé d'Asie.

Repérer et analyser

Le parcours de Georges Duroy

Le journalisme

1 Quels sont les deux événements importants qui surviennent pour Duroy ? S'agit-il d'événements positifs ou négatifs ?

2 **a.** Quel personnage Duroy a-t-il remplacé dans sa nouvelle fonction ? Pourquoi ce personnage ne fait-il pas un bon chef des Échos ?
b. Pour quelles raisons Duroy est-il l'homme adéquat pour être à la tête des Échos ? De quelles qualités fait-il preuve ?

3 Quelle somme va-t-il toucher en tant que chef des Échos ? S'agit-il seulement d'un salaire ? Comparez cette somme à ce qu'il touchait en tant qu'employé des chemins de fer (extrait 2).

4 Quelle décision prend-il au sujet de l'argent qu'il doit à Mme de Marelle ? Justifiez votre réponse.

Le réalisme

Maupassant, qui a été chroniqueur pour les principaux journaux de son époque, restitue dans *Bel-Ami* un univers qui lui est familier.

La figure d'un patron de presse

5 Relisez les lignes 4 à 11.
a. Quel est le but de M. Walter, patron de presse ? À quoi son journal doit-il lui servir ? Relevez les expressions qui justifient votre réponse.
b. En quoi son apparence extérieure est-elle pour lui « une arme » ?

Les dessous d'un journal : *La Vie Française*

6 **a.** *La Vie Française* est-elle un quotidien au service de la vérité ou une entreprise fondée sur les intérêts financiers ? Justifiez.
b. Quels sont les moyens utilisés pour que le journal ait « une allure littéraire et parisienne » (l. 68) ?

7 **a.** Quelle est l'importance de la rubrique des Échos ? En quoi les Échos sont-ils « la moelle du journal » (l. 30) ?
b. Quels genres d'articles sont publiés dans cette rubrique ?
c. Montrez que cette rubrique est présentée comme une entreprise de manipulation, un moyen d'agir sur l'opinion par des rumeurs.

d. Quels sont les personnages qui contrôlent ces rumeurs et que l'on appelle « bande à Walter » (l. 61) ?

8 La métaphore

La métaphore est une figure de style qui met en relation deux éléments en vertu d'un ou plusieurs point(s) commun(s).
Exemple : *les flocons d'écume* ; l'écume est assimilée à des flocons de neige (points communs : la couleur, la légèreté).

Expliquez la formule de Norbert de Varenne disant que *La Vie Française* « naviguait sur les fonds de l'État et sur les bas-fonds de la politique » en définissant « fonds » et « bas-fonds ». En quoi cette formule repose-t-elle sur une métaphore et un jeu de mots ?

Le point de vue

9 Quel est le point de vue majoritairement adopté dans l'ensemble de l'extrait ? Justifiez ce choix.

Les symboles

Le jeu du bilboquet

10 Les journalistes de *La Vie Française* jouent souvent au bilboquet.
a. Quelles sont les qualités nécessaires pour bien jouer au bilboquet ? En quoi ce jeu peut-il être considéré comme un symbole du métier de journaliste tel qu'il est défini dans *Bel-Ami* ?
b. Au début du roman, le record de Forestier est de 57 coups. Combien de coups Duroy réussit-il ici ? Que symbolise ce nombre ?

La visée

11 Quelle image Maupassant donne-t-il du journalisme de son époque ? Le bon journaliste est-il présenté comme ayant le souci de la vérité ou comme sachant être crédible ?

Enquêter

12 Depuis 1918, il existe une *Charte des devoirs professionnels des journalistes français* complétée depuis 1971 par une *Déclaration des devoirs et des droits du journaliste*. Lisez ces textes (sur Internet) et dégagez les principes qui guident le journaliste moderne.

Extrait 11

« Quand on commandera feu, j'élèverai le bras... »

Après le départ de Charles Forestier, Duroy signe ses premiers articles politiques. Mais il est attaqué « dans un petit journal frondeur », La Plume. *Poussé par M. Walter, il doit se battre en duel avec le signataire des articles, Langremont, pour défendre son honneur et celui de* La Vie Française. *L'arme choisie est le pistolet. La veille du duel, Duroy passe une très mauvaise nuit dans sa chambre.*

Le jour naissait, calme et glacial. Là-haut, les étoiles semblaient mourir au fond du firmament[1] éclairci, et dans la tranchée profonde du chemin de fer les signaux verts, rouges et blancs pâlissaient.

Les premières locomotives sortaient du garage et s'en venaient en sifflant chercher les premiers trains. D'autres, dans le lointain, jetaient des appels aigus et répétés, leurs cris de réveil, comme font les coqs dans les champs.

Duroy pensait : « Je ne verrai peut-être plus tout ça. » Mais comme il sentit qu'il allait de nouveau s'attendrir sur lui-même, il réagit violemment : « Allons, il ne faut songer à rien jusqu'au moment de la rencontre, c'est le seul moyen d'être crâne[2]. »

Et il se mit à sa toilette. Il eut encore, en se rasant, une seconde de défaillance en songeant que c'était peut-être la dernière fois qu'il regardait son visage.

Mais il but une nouvelle gorgée d'eau-de-vie, et acheva de s'habiller.

1. Voûte du ciel.

2. Brave, intrépide.

L'heure qui suivit fut difficile à passer. Il marchait de long en large en s'efforçant en effet d'immobiliser son âme. Lorsqu'il entendit frapper à sa porte, il faillit s'abattre sur le dos, tant la commotion[3] fut violente. C'étaient ses témoins[4]. Déjà !

Ils étaient enveloppés de fourrures. Rival déclara, après avoir serré la main de son client :

– Il fait un froid de Sibérie. – Puis il demanda :

– Ça va bien ?

– Oui, très bien.

– On est calme ?

– Très calme.

– Allons, ça ira. Avez-vous bu et mangé quelque chose ?

– Oui, je n'ai besoin de rien.

Boisrenard, pour la circonstance, portait une décoration étrangère, verte et jaune, que Duroy ne lui avait jamais vue.

Ils descendirent. Un monsieur les attendait dans le landau[5]. Rival nomma : « Le docteur Le Brument. » Duroy lui serra la main en balbutiant : « Je vous remercie », puis il voulut prendre place sur la banquette du devant et il s'assit sur quelque chose de dur qui le fit relever comme si un ressort l'eût redressé. C'était la boîte aux pistolets.

Rival répétait : – Non ! Au fond le combattant et le médecin, au fond ! – Duroy finit par comprendre et il s'affaissa à côté du docteur.

Les deux témoins montèrent à leur tour et le cocher partit. Il savait où on devait aller.

Mais la boîte aux pistolets gênait tout le monde, surtout Duroy, qui eût préféré ne pas la voir. On essaya de la placer derrière les dos, elle cassait les reins ; puis on la mit debout

3. Choc, vive émotion.
4. Ce sont les témoins qui organisent le duel et qui veillent à son bon déroulement. Pour Duroy, ce sont le chroniqueur « duelliste » (voir extraits 2 et 10) et le secrétaire de la rédaction, Boisrenard (voir extrait 10).
5. Voiture tirée par deux chevaux comportant deux banquettes se faisant vis-à-vis et une capote pliante.

entre Rival et Boisrenard, elle tombait tout le temps. On finit par la glisser sous les pieds.

La conversation languissait[6], bien que le médecin racontât des anecdotes. Rival seul lui répondait. Duroy eût voulu prouver de la présence d'esprit, mais il avait peur de perdre le fil de ses idées, de montrer le trouble de son âme ; et il était hanté par la crainte torturante de se mettre à trembler.

La voiture fut bientôt en pleine campagne. Il était neuf heures environ. C'était une de ces rudes matinées d'hiver où toute la nature est luisante, cassante et dure comme du cristal. Les arbres, vêtus de givre, semblent avoir sué de la glace ; la terre sonne sous les pas ; l'air sec porte au loin les moindres bruits ; le ciel bleu paraît brillant à la façon des miroirs, et le soleil passe dans l'espace, éclatant et froid lui-même, jetant sur la création gelée des rayons qui n'échauffent rien.

Rival disait à Duroy : – J'ai pris les pistolets chez Gastine Renette[7]. Il les a chargés lui-même. La boîte est cachetée[8]. On les tirera au sort, d'ailleurs, avec ceux de notre adversaire.

Duroy répondit machinalement : – Je vous remercie.

Alors Rival lui fit des recommandations minutieuses, car il tenait à ce que son client ne commît aucune erreur. Il insistait sur chaque point plusieurs fois : – Quand on demandera : Êtes-vous prêts, messieurs ? vous répondrez d'une voix forte : Oui !

« Quand on commandera “Feu !” vous élèverez vivement le bras, et vous tirerez avant qu'on ait prononcé trois. »

Et Duroy se répétait mentalement : – Quand on commandera feu, j'élèverai le bras, – quand on commandera feu, j'élèverai le bras.

Il apprenait cela comme les enfants apprennent leurs leçons en le murmurant à satiété[9] pour se le bien graver dans la tête. – Quand on commandera feu, j'élèverai le bras.

6. Manquait de vivacité, dépérissait.
7. Nom d'un armurier.
8. Fermée hermétiquement avec de la cire.
9. À l'excès, en surabondance.

Le landau entra sous un bois, tourna à droite dans une avenue, puis encore à droite. Rival, brusquement, ouvrit la portière pour crier au cocher : « Là, par ce petit chemin. » Et la voiture s'engagea dans une route à ornières entre deux taillis où tremblotaient des feuilles mortes bordées d'un liséré[10] de glace.

Duroy marmottait toujours : – Quand on commandera feu, j'élèverai le bras. – Et il pensa qu'un accident de voiture arrangerait tout. Oh ! si on pouvait verser, quelle chance ! s'il pouvait se casser une jambe !...

Mais il aperçut au bout d'une clairière une autre voiture arrêtée et quatre messieurs qui piétinaient pour s'échauffer les pieds ; et il fut obligé d'ouvrir la bouche, tant sa respiration devenait pénible.

Les témoins descendirent d'abord, puis le médecin et le combattant. Rival avait pris la boîte aux pistolets et il s'en alla avec Boisrenard, vers deux des étrangers qui venaient à eux. Duroy les vit se saluer avec cérémonie, puis marcher ensemble dans la clairière en regardant tantôt par terre et tantôt dans les arbres, comme s'ils avaient cherché quelque chose qui aurait pu tomber ou s'envoler. Puis ils comptèrent des pas et enfoncèrent avec grand'peine deux cannes dans le sol gelé. Ils se réunirent ensuite en groupe et ils firent les mouvements du jeu de pile ou face, comme des enfants qui s'amusent.

Le docteur Le Brument demandait à Duroy :

– Vous vous sentez bien ? Vous n'avez besoin de rien ?

– Non, de rien, merci.

Il lui semblait qu'il était fou, qu'il dormait, qu'il rêvait, que quelque chose de surnaturel était survenu qui l'enveloppait.

Avait-il peur ? Peut-être ? Mais il ne savait pas. Tout était changé autour de lui.

10. Bande étroite qui borde quelque chose.

Jacques Rival revint et lui annonça tout bas avec satisfaction : – Tout est prêt. La chance nous a favorisés pour les pistolets.

Voilà une chose qui était indifférente à Duroy.

On lui ôta son pardessus. Il se laissa faire. On tâta les poches de sa redingote pour s'assurer qu'il ne portait point de papiers ni de portefeuille protecteur.

Il répétait en lui-même, comme une prière : – Quand on commandera feu, j'élèverai le bras.

Puis on l'amena jusqu'à une des cannes piquées en terre et on lui remit son pistolet. Alors il aperçut un homme debout, en face de lui, tout près, un petit homme ventru, chauve, qui portait des lunettes. C'était son adversaire.

Il le vit très bien, mais il ne pensait à rien qu'à ceci : « Quand on commandera feu, j'élèverai le bras et je tirerai. » Une voix résonna dans le grand silence de l'espace, une voix qui semblait venir de très loin ; et elle demanda :

– Êtes-vous prêts, messieurs ?

Georges cria : – Oui !

Alors la même voix ordonna : – Feu…

Il n'écouta rien de plus, il ne s'aperçut de rien, il ne se rendit compte de rien, il sentit seulement qu'il levait le bras en appuyant de toute sa force sur la gâchette.

Et il n'entendit rien.

Mais il vit aussitôt un peu de fumée au bout du canon de son pistolet ; et comme l'homme en face de lui demeurait toujours debout, dans la même posture également, il aperçut aussi un autre petit nuage blanc qui s'envolait au-dessus de la tête de son adversaire.

Ils avaient tiré tous les deux. C'était fini.

Ses témoins et le médecin le touchaient, le palpaient, déboutonnaient ses vêtements en demandant avec anxiété : – Vous n'êtes pas blessé ? Il répondit au hasard : – Non, je ne crois pas.

Illustration de Jean-Émile Laboureur (1877-1943) pour *Bel-Ami*.

Langremont d'ailleurs, demeurait aussi intact que son ennemi, et Jacques Rival murmura d'un ton mécontent : – Avec ce sacré pistolet, c'est toujours comme ça, on se rate ou on se tue. Quel sale instrument !

Duroy ne bougeait point, paralysé de surprise et de joie : « C'était fini ! » Il fallut lui enlever son arme qu'il tenait toujours serrée dans sa main. Il lui semblait maintenant qu'il se serait battu contre l'univers entier. C'était fini. Quel bonheur ! il se sentait brave tout à coup à provoquer n'importe qui.

Extrait de la première partie, chapitre VII.

Repérer et analyser

Le cadre et l'action

1 **a.** Rappelez pour quelle raison Georges Duroy est soumis à l'épreuve du duel.
b. Dans quel lieu précis le duel se déroule-t-il ? Citez le texte.
c. Précisez la saison et le moment de la journée.
d. Qui sont les personnages présents ?

Le parcours de Georges Duroy

L'épreuve du duel

Le duel était une institution encore très établie à l'époque de Maupassant. Il consiste en un combat, devant témoins, entre deux personnes qui cherchent à laver leur honneur.

2 **a.** Quels sentiments Duroy éprouve-t-il avant et pendant le duel ? Justifiez votre réponse en vous appuyant sur ses pensées, son comportement, sa façon de parler.
b. À quels moments se réfugie-t-il dans un comportement mécanique ? À quel moment perd-il le sens de la réalité et croit-il rêver ?
c. Montrez, en citant le texte, que Duroy conserve la volonté de ne pas se montrer lâche.

3 De quelle façon Duroy a-t-il vécu le moment où le coup de feu a été tiré (« Il n'écouta […] n'entendit rien. », l. 129 à 132) ? Pour répondre, appuyez-vous sur le terme répété et sur les formes de phrases.

4 Quel est l'état d'esprit de Duroy dans le dernier paragraphe ? En quoi a-t-il changé ? L'épreuve aura-t-elle été positive pour lui ?

La satire

La satire consiste à critiquer ou à tourner en dérision certains défauts ou coutumes des hommes.

5 Relisez les lignes 33 à 48 et relevez les éléments qui contribuent à rendre ce duel ridicule.

6 Reconstituez le cérémonial du duel. Relevez les expressions ou les comparaisons qui en font un jeu stupide et dérisoire.

7 **a.** Quel rôle Boisrenard et Rival jouent-ils ? Montrez que chacun prend son rôle très au sérieux. Pour Boisrenard, appuyez-vous notamment sur les lignes 31-32 (« Boisrenard [...] jamais vue. »).
b. Quelle est l'attitude de Rival à la fin (« Langremont [...] instrument ! », l. 142 à 145) ? Que peut-on en penser ?

La description

8 **a.** Repérez le premier passage descriptif au début de l'extrait et, plus loin, les deux passages qui décrivent la campagne gelée. Relevez le champ lexical du froid et du gel.
b. En quoi cette description est-elle en rapport avec la situation et l'état d'esprit de Duroy ? Appuyez-vous sur des termes qui, dans ces passages, prennent un sens symbolique.

La visée et les hypothèses de lecture

9 Quelle est la position de Maupassant sur le duel ?
10 Quelle nouvelle image cet épisode du duel donne-t-il de Duroy ? Pensez-vous qu'il sortira valorisé de l'épreuve ?

Enquêter

Le duel

11 **a.** Le duel en France date du début du Moyen Âge. Renseignez-vous sur ce qu'on appelle le *duel judiciaire*. À quelle date a-t-il été supprimé ?
b. Le duel a continué d'être pratiqué quand il s'agissait de venger son honneur. Recherchez les principales mesures d'interdiction (Philippe le Bel, François Ier, Richelieu, Louis XIV, Napoléon, législation actuelle). Pratiquait-on encore beaucoup le duel au XIXe siècle ?
c. Renseignez-vous sur quelques duels célèbres : Jarnac, Mmes de Nesle et de Polignac, les journalistes Girardin et Armand Carrel, le mathématicien Évariste Galois, les hommes politiques Gambetta, Clémenceau...

Extrait 12

« Ils étaient seuls [...] auprès de lui, qui n'était plus. »

Son duel renforce encore la position de Duroy au sein de La Vie Française. *Il décide de quitter sa chambre et, en reprenant le loyer, d'emménager dans le petit appartement qu'avait loué Clotilde de Marelle, rue de Constantinople. À la fin de février, il reçoit une lettre de Madeleine Forestier annonçant que Charles va mourir et qu'elle aimerait que son ami vienne l'aider dans ces moments difficiles. Il part pour Cannes et il est accueilli dans la villa des Forestier. Le troisième jour après son arrivée, c'est l'agonie de Charles.*

La jeune femme était assise dans un fauteuil, au pied du lit. Duroy en prit un autre à côté d'elle ; et ils attendirent en silence.

Une garde[1] était venue, envoyée par le médecin ; elle sommeillait près de la fenêtre.

Duroy lui-même commençait à s'assoupir quand il eut la sensation que quelque chose survenait. Il ouvrit les yeux juste à temps pour voir Forestier fermer les siens comme deux lumières qui s'éteignent. Un petit hoquet agita la gorge du mourant, et deux filets de sang apparurent aux coins de sa bouche, puis coulèrent sur sa chemise. Ses mains cessèrent leur hideuse promenade. Il avait fini de respirer.

Sa femme comprit, et poussant une sorte de cri, elle s'abattit sur les genoux en sanglotant dans le drap. Georges, surpris et effaré, fit machinalement le signe de la croix. La garde, s'étant réveillée, s'approcha du lit : « Ça y est », dit-elle. Et

1. Garde-malade, personne chargée de veiller sur un malade.

Duroy qui reprenait son sang-froid murmura, avec un soupir de délivrance : « Ça a été moins long que je n'aurais cru. »

Lorsque fut dissipé le premier étonnement, après les premières larmes versées, on s'occupa de tous les soins et de toutes les démarches que réclame un mort. Duroy courut jusqu'à la nuit.

Il avait grand'faim en rentrant. Mme Forestier mangea quelque peu ; puis ils s'installèrent tous deux dans la chambre funèbre pour veiller le corps.

Deux bougies brûlaient sur la table de nuit à côté d'une assiette où trempait une branche de mimosa dans un peu d'eau, car on n'avait point trouvé le rameau de buis[2] nécessaire.

Ils étaient seuls, le jeune homme et la jeune femme, auprès de lui, qui n'était plus. Ils demeuraient sans parler, pensant, et le regardant.

Mais Georges, que l'ombre inquiétait auprès de ce cadavre, le contemplait obstinément. Son œil et son esprit attirés, fascinés, par ce visage décharné que la lumière vacillante[3] faisait paraître encore plus creux, restaient fixés sur lui. C'était là son ami, Charles Forestier, qui lui parlait hier encore ! Quelle chose étrange et épouvantable que cette fin complète d'un être ! Oh ! il se les rappelait maintenant les paroles de Norbert de Varenne[4] hanté par la peur de la mort. « Jamais un être ne revient. » Il en naîtrait des millions et des milliards, à peu près pareils, avec des yeux, un nez, une bouche, un crâne, et dedans une pensée, sans que jamais celui-là reparût qui était couché dans ce lit.

Pendant quelques années il avait vécu, mangé, ri, aimé, espéré, comme tout le monde. Et c'était fini, pour lui, fini

2. Brin de buis béni le jour de la fête catholique des Rameaux, le dimanche avant Pâques, servant à jeter de l'eau bénite sur les défunts. Le buis est un arbuste à feuilles persistantes, vert foncé.

3. Qui tremblote, qui présente des variations d'intensité.

4. Norbert de Varenne, poète et conteur, a fait à Georges Duroy un véritable sermon sur la mort au sortir du dîner chez les Walter.

pour toujours. Une vie ! quelques jours, et puis plus rien ! On naît, on grandit, on est heureux, on attend, puis on meurt. Adieu ! homme ou femme, tu ne reviendras point sur terre ! Et pourtant chacun porte en soi le désir fiévreux et irréalisable de l'éternité, chacun est une sorte d'univers dans l'univers, et chacun s'anéantit bientôt complètement dans le fumier des germes nouveaux. Les plantes, les bêtes, les hommes, les étoiles, les mondes, tout s'anime, puis meurt pour se transformer. Et jamais un être ne revient, insecte, homme ou planète !

Une terreur confuse, immense, écrasante, pesait sur l'âme de Duroy, la terreur de ce néant illimité, inévitable, détruisant indéfiniment toutes les existences si rapides et si misérables. Il courbait déjà le front sous sa menace. Il pensait aux mouches qui vivent quelques heures, aux bêtes qui vivent jours, aux hommes qui vivent quelques ans, aux terres qui vivent quelques siècles. Quelle différence donc entre les uns et les autres ? Quelques aurores de plus, voilà tout.

Il détourna les yeux pour ne plus regarder le cadavre.

Mme Forestier, la tête baissée, semblait songer aussi à des choses douloureuses. Ses cheveux blonds étaient si jolis sur sa figure triste, qu'une sensation douce comme le toucher d'une espérance passa dans le cœur du jeune homme. Pourquoi se désoler quand il avait encore tant d'années devant lui ?

Et il se mit à la contempler. Elle ne le voyait point, perdue dans sa méditation. Il se disait : « Voilà pourtant la seule bonne chose de la vie : l'amour ! tenir dans ses bras une femme aimée ! Là est la limite du bonheur humain. »

Quelle chance il avait eue, ce mort, de rencontrer cette compagne intelligente et charmante. Comment s'étaient-ils connus ? Comment avait-elle consenti, elle, à épouser ce garçon médiocre et pauvre ? Comment avait-elle fini par en faire quelqu'un ?

Alors il songea à tous les mystères cachés dans les existences. Il se rappela ce qu'on chuchotait du comte de Vaudrec[5] qui l'avait dotée et mariée, disait-on.

Qu'allait-elle faire maintenant ? Qui épouserait-elle ? Un député, comme le pensait Mme de Marelle, ou quelque gaillard d'avenir, un Forestier supérieur ? Avait-elle des projets, des plans, des idées arrêtées ? Comme il eût désiré savoir cela ! Mais pourquoi ce souci de ce qu'elle ferait ? Il se le demanda, et s'aperçut que son inquiétude venait d'une de ces arrière-pensées confuses, secrètes, qu'on se cache à soi-même et qu'on ne découvre qu'en allant fouiller tout au fond de soi.

Oui, pourquoi n'essayerait-il pas lui-même cette conquête ? Comme il serait fort, avec elle, et redoutable ! Comme il pourrait aller vite et loin, et sûrement.

Et pourquoi ne réussirait-il pas ? Il sentait bien qu'il lui plaisait, qu'elle avait pour lui plus que de la sympathie, une de ces affections qui naissent entre deux natures semblables et qui tiennent autant d'une séduction réciproque que d'une sorte de complicité muette. Elle le savait intelligent, résolu, tenace[6] ; elle pouvait avoir confiance en lui.

Extrait de la première partie, chapitre VIII.

Duroy décide alors de proposer à Madeleine de l'épouser. Elle ne refuse pas mais lui demande d'attendre et précise : « Le mariage pour moi n'est pas une chaîne mais une association. […] mais il faudrait aussi que cet homme s'engageât à voir en moi une égale, une alliée et non pas une épouse obéissante et soumise. »

5. Madeleine l'a présenté à Duroy comme un excellent ami.

6. Obstiné dans ses opinions, ses projets, ses actions ; opiniâtre.

Repérer et analyser

Le cadre

1 **a.** Où et quand la scène se déroule-t-elle ? Dans quelle ville ?
b. Rappelez pourquoi Duroy se trouve là. Où Duroy et Mme Forestier sont-ils placés au début, lors de la veillée funèbre ?

Le réalisme

L'agonie et la mort

2 **a.** Quelles sont les dernières manifestations de la vie chez Charles Forestier (« Duroy lui-même […] de respirer. », l. 5 à 11) ?
b. Montrez, en citant des détails précis, que le narrateur donne une vision réaliste de cette agonie. Quelle est la comparaison utilisée pour signifier la mort ?

Le parcours de Georges Duroy

L'expérience de la mort

3 **a.** Montrez, en relevant le lexique du regard (« Mais Georges […] fixés sur lui. », l. 31 à 34), que Duroy ne peut détacher son regard de son ami mort.
b. Relevez les termes qui décrivent le visage du défunt.
c. Quelles réflexions l'observation de la mort déclenche-t-elle en Duroy ?

4 Analysez les procédés par lesquels Duroy exprime sa peur et son émotion (« C'était là son ami […] voilà tout. », l. 34 à 62). Pour répondre, appuyez-vous sur les types et formes de phrases, sur les figures de style : énumérations, répétitions, antithèses ou oppositions, apostrophes (interpellations à la deuxième personne).

5 **a.** Montrez, en vous appuyant sur le texte, que les réflexions de Duroy sur la mort cessent à partir du moment où il ne regarde plus son ami. Qui regarde-t-il alors ? En quoi ce regard change-t-il le cours de ses pensées ?
b. Quel est le type de phrase dominant à partir de ce moment ? Quelles questions se pose-t-il à l'égard de Madeleine ? Quels désirs n'ose-t-il pas tout à fait s'avouer ?

6 À partir de vos réponses, faites le point des différents sentiments qu'a fait naître chez Duroy cette confrontation avec la mort. Montrez que, face à la mort, sa sensualité et son ambition sont encore perceptibles. Se sent-il finalement plus fort que la mort ?

Les paroles et les pensées rapportées, le point de vue

7 Relevez, dans l'ensemble de l'extrait, les paroles échangées. Ces paroles rapportées sont-elles nombreuses ? Comment expliquer ce poids du silence ?

8 Le monologue intérieur

Dans un roman, on parle de monologue intérieur lorsque le narrateur retranscrit une longue suite de pensées qui se déroulent dans la conscience d'un personnage.

Relisez le monologue intérieur de Duroy (« C'était là son ami [...] voilà tout. », l. 34 à 62 et « Voilà pourtant [...] confiance en lui. », l. 70 à 97).

a. Relevez les verbes qui expriment les opérations de la pensée.

b. Montrez, à partir d'exemples, que le narrateur retranscrit les pensées de Duroy au style direct et au style indirect libre (voir leçon p. 23). Lequel domine ? Quel est le point de vue associé au style indirect libre ?

La visée

9 Quelles réflexions sur la vie et la mort Maupassant veut-il susciter à partir de ce passage ? En quoi ce passage est-il révélateur des obsessions personnelles et du pessimisme de Maupassant ?

Écrire

Écrire un monologue intérieur

10 « Mme Forestier, la tête baissée, semblait songer aussi à des choses douloureuses. » (l. 64-65) : imaginez ses pensées pendant la veillée funèbre (sur la mort en général, celle de son mari, les changements dans sa vie, le rôle de Duroy, l'avenir...). Vous transcrirez ses réflexions au style direct et au style indirect libre.

Extrait 13

« Je m'appelle du Roy de Cantel. »

À la fin de la première partie, Georges Duroy rentre à Paris. Voici le début de la deuxième partie du roman.

Georges Duroy avait retrouvé toutes ses habitudes anciennes.

Installé maintenant dans le petit rez-de-chaussée de la rue de Constantinople, il vivait sagement, en homme qui prépare une existence nouvelle. Ses relations avec Mme de Marelle avaient même pris une allure conjugale, comme s'il se fût exercé d'avance à l'événement prochain; et sa maîtresse, s'étonnant souvent de la tranquillité réglée de leur union, répétait en riant: – Tu es encore plus popote[1] que mon mari; ça n'était pas la peine de changer.

Mme Forestier n'était pas revenue, elle s'attardait à Cannes. Il reçut une lettre d'elle, annonçant son retour seulement pour le milieu d'avril, sans un mot d'allusion à leurs adieux. Il attendit. Il était bien résolu maintenant à prendre tous les moyens pour l'épouser, si elle semblait hésiter. Mais il avait confiance en sa fortune, confiance en cette force de séduction qu'il sentait en lui, force vague et irrésistible que subissaient toutes les femmes.

Un court billet le prévint que l'heure décisive allait sonner.

« Je suis à Paris. Venez me voir.

« Madeleine Forestier. »

Rien de plus. Il l'avait reçu par le courrier de neuf heures. Il entrait chez elle à trois heures, le même jour. Elle lui tendit

1. Qui aime le confort du foyer, qui est peu disposé à l'aventure, qui ne veut plus sortir (familier et péjoratif).

les deux mains, en souriant de son joli sourire aimable; et ils se regardèrent pendant quelques secondes, au fond des yeux. Puis elle murmura :

– Comme vous avez été bon de venir là-bas dans ces circonstances terribles !

Il répondit :

– J'aurais fait tout ce que vous m'auriez ordonné.

Et ils s'assirent. Elle s'informa des nouvelles, des Walter, de tous les confrères et du journal. Elle y pensait souvent, au journal.

– Ça me manque beaucoup, disait-elle, mais beaucoup. J'étais devenue journaliste dans l'âme. Que voulez-vous, j'aime ce métier-là.

Puis elle se tut. Il crut comprendre, il crut trouver dans son sourire, dans le ton de sa voix, dans ses paroles elles-mêmes, une sorte d'invitation; et bien qu'il se fût promis de ne pas brusquer les choses, il balbutia :

– Eh bien... pourquoi... pourquoi ne le reprendriez-vous pas... ce métier... sous... sous le nom de Duroy ?

Elle redevint brusquement sérieuse, et posant la main sur son bras elle murmura : – Ne parlons pas encore de ça.

Mais il devina qu'elle acceptait, et tombant à ses genoux, il se mit à lui baiser passionnément les mains en répétant, en bégayant : – Merci, merci, comme je vous aime !

Elle se leva. Il fit comme elle et il s'aperçut qu'elle était fort pâle. Alors il comprit qu'il lui avait plu, depuis longtemps peut-être; et comme ils se trouvaient face à face, il l'étreignit[2], puis il l'embrassa sur le front, d'un long baiser tendre et sérieux.

Quand elle se fut dégagée, en glissant sur sa poitrine, elle reprit d'un ton grave :

2. Il la serra dans ses bras.

– Écoutez, mon ami, je ne suis encore décidée à rien. Cependant il se pourrait que ce fût « *oui* ». Mais vous allez me promettre le secret absolu jusqu'à ce que je vous en délie.

Il jura et partit, le cœur débordant de joie.

Il mit désormais beaucoup de discrétion dans les visites qu'il lui fit et il ne sollicita pas de consentement plus précis, car elle avait une manière de parler de l'avenir, de dire « plus tard », de faire des projets où leurs deux existences se trouvaient mêlées, qui répondait sans cesse, mieux et plus délicatement, qu'une formelle[3] acceptation.

Duroy travaillait dur, dépensait peu, tâchait d'économiser quelque argent pour n'être point sans le sou au moment de son mariage, et il devenait aussi avare qu'il avait été prodigue[4].

Olga Tschechowa et Willi Forst dans les rôles de Madeleine et de Bel-Ami. Film mis en scène par Willi Forst, 1939.

3. Qui est énoncée de façon claire, explicite.
4. Excessivement dépensier.

L'été se passa, puis l'automne, sans qu'aucun soupçon vînt à personne, car ils se voyaient peu, et le plus naturellement du monde.

Un soir Madeleine lui dit, en le regardant au fond des yeux :

– Vous n'avez pas encore annoncé notre projet à Mme de Marelle ?

– Non, mon amie. Vous ayant promis le secret je n'en ai ouvert la bouche à âme qui vive.

– Eh bien, il serait temps de la prévenir. Moi, je me charge des Walter. Ce sera fait cette semaine, n'est-ce pas ?

Il avait rougi.

– Oui, dès demain.

Elle détourna doucement les yeux, comme pour ne point remarquer son trouble, et reprit :

– Si vous le voulez, nous pourrons nous marier au commencement de mai. Ce serait très convenable.

– J'obéis en tout, avec joie.

– Le dix mai, qui est un samedi, me plairait beaucoup, parce que c'est mon jour de naissance.

– Soit, le dix mai.

– Vos parents habitent près de Rouen, n'est-ce pas ? Vous me l'avez dit du moins.

– Oui, près de Rouen, à Canteleu.

– Qu'est-ce qu'ils font ?

– Ils sont… ils sont petits rentiers[5].

– Ah ! J'ai un grand désir de les connaître.

Il hésita, fort perplexe. – Mais… c'est que, ils sont…

Puis il prit son parti en homme vraiment fort :

– Ma chère amie, ce sont des paysans, des cabaretiers[6] qui se sont saignés aux quatre membres[7] pour me faire faire des

5. Vivant de leurs revenus, sans travailler.
6. Qui tiennent un cabaret (voir extrait 4, note 4, p. 34).
7. Se sont sacrifiés (familier).

études. Moi, je ne rougis pas d'eux, mais leur… simplicité… leur rusticité[8] pourrait peut-être vous gêner.

Elle souriait délicieusement, le visage illuminé d'une bonté douce.

– Non. Je les aimerai beaucoup. Nous irons les voir. Je le veux. Je vous reparlerai de ça. Moi aussi je suis fille de petites gens… mais je les ai perdus, moi, mes parents. Je n'ai plus personne au monde… – elle lui tendit la main et ajouta… – que vous.

Et il se sentit attendri, remué, conquis comme il ne l'avait encore été par aucune femme.

– J'ai pensé à quelque chose, dit-elle, mais c'est assez difficile à expliquer.

Il demanda : – Quoi donc ?

Eh bien voilà, mon cher, je suis comme toutes les femmes, j'ai mes… mes faiblesses, mes petitesses, j'aime ce qui brille, ce qui sonne. J'aurais adoré porter un nom noble. Est-ce que vous ne pourriez pas, à l'occasion de notre mariage, vous… vous anoblir un peu ? Elle avait rougi, à son tour, comme si elle lui eût proposé une indélicatesse[9].

Il répondit simplement : – J'y ai bien souvent songé, mais cela ne me paraît pas facile.

– Pourquoi donc ?

Il se mit à rire : – Parce que j'ai peur de me rendre ridicule.

Elle haussa les épaules : – Mais pas du tout, pas du tout. Tout le monde le fait et personne n'en rit. Séparez votre nom en deux : « Du Roy. » Ça va très bien.

Il répondit aussitôt, en homme qui connaît la question.

– Non, ça ne va pas. C'est un procédé trop simple, trop commun, trop connu. Moi j'avais pensé à prendre le nom de mon pays, comme pseudonyme littéraire d'abord, puis de

| **8.** Absence de raffinement.

| **9.** Action malhonnête.

l'ajouter peu à peu au mien, puis même, plus tard, de couper en deux mon nom comme vous me le proposiez.

Elle demanda :

– Votre pays, c'est Canteleu ?

– Oui.

Mais elle hésitait : – Non. Je n'en aime pas la terminaison. Voyons, est-ce que nous ne pourrions pas modifier un peu ce mot… Canteleu ?

Elle avait pris une plume sur la table et elle griffonnait des noms en étudiant leur physionomie. Soudain elle s'écria :

– Tenez, tenez, voici.

Et elle lui tendit un papier où il lut : « Madame Duroy de Cantel. »

Il réfléchit quelques secondes, puis il déclara avec gravité :

– Oui, c'est très bon.

Et elle était enchantée et répétait :

– Duroy de Cantel, Duroy de Cantel, Mme Duroy de Cantel. C'est excellent, excellent !

Elle ajouta, d'un air convaincu :

– Et vous verrez comme c'est facile à faire accepter par tout le monde. Mais il faut saisir l'occasion. Car il serait trop tard ensuite. Vous allez, dès demain, signer vos chroniques D. de Cantel, et vos échos tout simplement Duroy. Ça se fait tous les jours dans la presse et personne ne s'étonnera de vous voir prendre un nom de guerre[10]. Au moment de notre mariage, nous pourrons encore modifier un peu cela en disant aux amis que vous aviez renoncé à votre *du* par modestie, étant donnée votre position, ou même sans rien dire du tout. Quel est le petit nom de votre père ?

– Alexandre.

10. Pseudonyme.

Elle murmura deux ou trois fois de suite : « Alexandre, Alexandre », en écoutant la sonorité des syllabes, puis elle écrivit sur une feuille toute blanche :

« Monsieur et Madame Alexandre du Roy de Cantel ont l'honneur de vous faire part du mariage de Monsieur Georges du Roy de Cantel, leur fils, avec Madame Madeleine Forestier. »

Elle regardait son écriture d'un peu loin, ravie de l'effet, et elle déclara : – Avec un rien de méthode, on arrive à réussir tout ce qu'on veut.

Quand il se retrouva dans la rue, bien déterminé à s'appeler désormais du Roy, et même du Roy de Cantel, il lui sembla qu'il venait de prendre une importance nouvelle. Il marchait plus crânement[11], le front plus haut, la moustache plus fière, comme doit marcher un gentilhomme[12]. Il sentait en lui une sorte d'envie joyeuse de raconter aux passants :

« Je m'appelle du Roy de Cantel. »

Mais à peine rentré chez lui, la pensée de Mme de Marelle l'inquiéta et il lui écrivit aussitôt, afin de lui demander un rendez-vous pour le lendemain.

« Ça sera dur, pensait-il. Je vais recevoir une bourrasque[13] de premier ordre. »

Puis il en prit son parti avec l'insouciance naturelle qui lui faisait négliger les choses désagréables de la vie, et il se mit à faire un article fantaisiste sur les impôts nouveaux à établir afin de rassurer[14] l'équilibre du budget. Il y fit figurer la particule nobiliaire[15] pour cent francs par an, et les titres[16], depuis baron jusqu'à prince, pour cinq cents jusqu'à cinq mille francs.

Et il signa : D. de Cantel.

Extrait de la deuxième partie, chapitre I.

11. Fièrement.
12. Noble.
13. Je vais me faire gronder, quereller (au sens propre, bourrasque = coup de vent violent).
14. Assurer, garantir.
15. La préposition « de » devant un nom de famille, marquant la noblesse.
16. Désignations honorifiques des nobles.

Repérer et analyser

Le rythme de la narration

Scènes et sommaires

1 **a.** Délimitez les deux scènes présentes dans cet extrait, en indiquant pour chacune d'elles la phrase qui ouvre la scène et celle qui la clôt.
b. Dans quel lieu et à quel moment de l'année chacune des scènes se déroule-t-elle ? Entre quels personnages ?
c. Quels sont les principaux sujets de conversation ?

2 **a.** Montrez que le narrateur raconte sous forme de sommaires (voir leçon p. 56) les événements intermédiaires (qui se passent avant ou après chacune des scènes). Quelles sont les principales actions résumées dans chaque sommaire ? Pour quelle raison, selon vous, le narrateur ne s'est-il pas attardé sur ces actions ?
b. Combien de temps s'écoule-t-il dans chacun des sommaires ? Appuyez-vous sur les indications temporelles. En quoi y a-t-il accélération du récit ?

3 Quelle est l'importance pour l'action des deux scènes présentées ici ? En quoi le rythme de la narration, par ses variations, met-il en valeur ces scènes ?

Le parcours de Georges Duroy

La situation au début de la seconde partie

4 Faites le point sur la situation de Georges Duroy au début de la seconde partie (« Georges Duroy avait retrouvé [...] que subissaient toutes les femmes. », l. 1 à 17). Pour répondre :
a. montrez que cette situation n'évolue plus ;
b. dites quel est l'état de ses relations avec Mme de Marelle ;
c. dites quels éléments ou atouts vont lui permettre de débloquer la situation.

Le parcours sentimental

5 Dans ses relations avec Mme Forestier, qui mène le jeu et prend toutes les initiatives ? Appuyez-vous sur le texte.

6 Quelle est la date fixée pour le mariage ? À cette date, combien de mois se seront écoulés depuis le retour de Duroy à Paris après la mort de Forestier ?
7 Quels sentiments Duroy éprouve-t-il pour Madeleine ? Par quelles paroles a-t-elle su l'émouvoir ?

Le rapport à l'argent

8 En quoi son engagement avec Madeleine change-t-il les rapports de Duroy avec l'argent ? Justifiez votre réponse.

La symbolique du nom

9 Quelles sont les différentes étapes qui mènent Duroy à du Roy de Cantel ? Montrez le rôle que joue Madeleine dans toutes ces modifications.
10 **a.** Relevez les expressions qui montrent la transformation qu'apporte à Georges son anoblissement (« Quand il se retrouva [...] du Roy de Cantel. », l. 168 à 174).
b. En quoi, par ce nouveau nom, le personnage se dépossède-t-il davantage encore de lui-même (voir extrait 3, épisode des miroirs) dans son désir effréné de réussir ?
c. Les deux noms que prend ou reçoit Duroy, Bel-Ami et du Roy de Cantel, témoignent de deux aspects différents de son parcours. Précisez lesquels.

Le personnage de Mme Forestier

11 En vous appuyant sur les indices du texte, dites :
a. ce qui détermine la jeune femme à accepter d'épouser Georges ;
b. quels sont ses sentiments à son égard.
12 **a.** Le narrateur omniscient fournit-il de nombreuses informations sur l'état intérieur de Madeleine comme il le fait pour Duroy ?
b. Quels sont les différents sentiments qui sont perceptibles à travers sa pâleur (« elle était fort pâle », l. 47-48), son regard (« en le regardant au fond des yeux », l. 70), son sourire (« Elle souriait délicieusement », l. 99), sa rougeur (« Elle avait rougi », l. 115) ?
13 En quoi, par certains aspects, Madeleine ressemble-t-elle à Georges Duroy ?

Le regard du narrateur

14 À quelle occasion Duroy agit-il « en homme vraiment fort » (l. 94) ? Quelle est, selon vous, l'intention du narrateur à l'égard de son personnage, quand il emploie cette expression ?

La visée et les hypothèses de lecture

15 **a.** En quoi cette seconde partie s'ouvre-t-elle sur un nouveau départ pour le personnage de Duroy ?
b. Son mariage avec Madeleine Forestier vous semble-t-il promis à un heureux avenir ?

Étudier la langue

Le symbole de la particule nobiliaire

16 **a.** Dans les noms propres, quelle particule marque la noblesse ? Recherchez son origine grammaticale.
Ce mot introduisait le nom d'une terre, qui conférait un titre de noblesse à son propriétaire. Mais, dans leur recherche d'ascension sociale, certaines personnes s'anoblissaient elles-mêmes.
b. Montrez par quels procédés Duroy transforme son nom. Observez en particulier l'emploi des minuscules et des majuscules.
c. Recherchez des noms d'écrivains français célèbres d'origine noble dont le nom comporte la particule nobiliaire. Dans quels cas cette particule est-elle conservée ? Dans quels cas disparaît-elle ?

Débattre

Changer de nom

17 La loi autorise quelqu'un à changer de nom dans le cas de noms ridicules ou à consonance étrangère. Les artistes peuvent également choisir un pseudonyme qui deviendra leur véritable nom. Recherchez des arguments pour défendre le choix de changer de nom et, au contraire, pour le contester. Quelques élèves débattront de ce sujet. Les autres observeront et jugeront de la qualités des arguments échangés.

Extrait 14

« Ce fut un long déjeuner de paysans... »

Le mariage a lieu discrètement à la mairie et les deux jeunes époux, comme l'a décidé Madeleine, partent en Normandie passer quelques jours chez les parents Duroy. Ils se sentent bien ensemble, mais tout de suite Madeleine déclenche l'hostilité de la mère Duroy : « Non ce n'était point la bru de ses rêves [...]. Elle avait l'air d'une traînée, cette dame-là... ». Ils arrivent dans le café des parents.

– Viens dans notre chambre, dit-il, tu te débarrasseras de ton chapeau.

Il la fit entrer par la porte de droite dans une pièce froide, carrelée, toute blanche, avec ses murs peints à la chaux et son lit aux rideaux de coton. Un crucifix au-dessus d'un bénitier, et deux images coloriées représentant Paul et Virginie sous un palmier bleu et Napoléon Ier sur un cheval jaune, ornaient seuls cet appartement propre et désolant.

Dès qu'ils furent seuls, il embrassa Madeleine :

– Bonjour, Made. Je suis content de revoir les vieux. Quand on est à Paris, on n'y pense pas, et puis quand on se retrouve, ça fait plaisir tout de même.

Mais le père criait en tapant du poing la cloison :

– Allons, allons, la soupe est cuite.

Et il fallut se mettre à table.

Ce fut un long déjeuner de paysans avec une suite de plats mal assortis, une andouille[1] après un gigot, une omelette après

1. Charcuterie à base de boyaux de porc.

l'andouille. Le père Duroy, mis en joie par le cidre et quelques verres de vin, lâchait le robinet[2] de ses plaisanteries de choix, celles qu'il réservait pour les grandes fêtes, histoires grivoises[3] et malpropres arrivées à ses amis, affirmait-il. Georges, qui les connaissait toutes, riait cependant, grisé[4] par l'air natal, ressaisi par l'amour inné[5] du pays, des lieux familiers dans l'enfance, par toutes les sensations, tous les souvenirs retrouvés, toutes les choses d'autrefois revues, des riens, une marque de couteau dans une porte, une chaise boiteuse rappelant un petit fait, des odeurs de sol, le grand souffle de résine[6] et d'arbres venu de la forêt voisine, les senteurs du logis, du ruisseau, du fumier.

La mère Duroy ne parlait point, toujours triste et sévère, épiant de l'œil sa bru avec une haine éveillée dans le cœur, une haine de vieille travailleuse, de vieille rustique[7] aux doigts usés, aux membres déformés par les dures besognes, contre cette femme de ville qui lui inspirait une répulsion[8] de maudite, de réprouvée[9], d'être impur fait pour la fainéantise et le péché. Elle se levait à tout moment pour aller chercher les plats, pour verser dans les verres la boisson jaune et aigre de la carafe ou le cidre roux mousseux et sucré des bouteilles dont le bouchon sautait comme celui de la limonade gazeuse.

Madeleine ne mangeait guère, ne parlait guère, demeurait triste avec son sourire ordinaire figé sur les lèvres, mais un sourire morne[10], résigné. Elle était déçue, navrée. Pourquoi ? Elle avait voulu venir. Elle n'ignorait point qu'elle allait chez des paysans, chez de petits paysans. Comment les avait-elle donc rêvés, elle, qui ne rêvait pas d'ordinaire ?

2. Se laissait aller (familier).
3. Osées, grossières.
4. Enivré, excité.
5. Existant depuis la naissance.
6. Produit collant et visqueux issu de certains végétaux comme les conifères (sapins, pins...).
7. Issue de la campagne.
8. Dégoût.
9. Personne rejetée par la société.
10. Triste, abattu.

Honoré Daumier (1808-1879), *Déjeuner à la campagne* (1868), huile sur carton, National Museum and Gallery of Wales, Cardiff.

Le savait-elle ? Est-ce que les femmes n'espèrent point toujours autre chose que ce qui est ! Les avait-elle vus de loin plus poétiques ? Non, mais plus littéraires peut-être, plus nobles, plus affectueux, plus décoratifs. Pourtant elle ne les désirait point distingués comme ceux des romans. D'où venait donc qu'ils la choquaient par mille choses menues[11], invisibles, par mille grossièretés insaisissables, par leur nature même de rustres[12], par ce qu'ils disaient, par leurs gestes et leur gaieté ?

Extrait de la deuxième partie, chapitre I.

11. Petites, minuscules.

12. Habitants de la campagne ; personnes grossières.

Repérer et analyser

Le cadre et les circonstances

1 **a.** Rappelez les circonstances qui ont mené Georges et Madeleine en Normandie.
b. Dans quel lieu précis la scène du déjeuner se déroule-t-elle ? Qui sont les personnages en présence ?

Le parcours de Georges Duroy

Le retour aux origines : la Normandie

2 Relevez les expressions qui montrent le plaisir qu'éprouve Georges à retrouver ses parents et le cadre de son enfance.

3 Montrez en citant le texte :
a. que la mémoire de Duroy revient par le biais de sensations olfactives et visuelles ;
b. que ses souvenirs sont vagues et imprécis. S'agit-il pour lui de souvenirs agréables ?

4 Relevez tous les termes commençant par le préfixe re- (« Georges, qui les connaissait toutes [...] fumier. », l. 21 à 29). Quelle idée expriment-ils ?

5 En quoi le jeune homme apparaît-il différent dans ce cadre par rapport au cadre parisien ?

Les femmes : Madeleine et la mère Duroy

6 Quelle est l'attitude commune aux deux femmes pendant le repas ?

7 **a.** Quelle image le narrateur donne-t-il de la mère Duroy ?
b. Quels sentiments éprouve-t-elle vis-à-vis de sa belle-fille ? Relevez les expressions qui montrent qu'elle la considère comme une créature du diable.

Le point de vue

8 Repérez un long passage dans lequel le narrateur adopte le point de vue de Madeleine. Quelles réflexions se fait-elle ? Quelle image a-t-elle de ses beaux-parents ?

Une scène naturaliste

Le naturalisme est une école littéraire de la fin du XIXe siècle, principalement représentée par Zola et Maupassant. Le romancier naturaliste se caractérise par une volonté de peindre la réalité dans ses aspects les plus réalistes et les plus sordides.

9 **a.** Montrez que la composition du repas traduit la rusticité des personnages.
b. Quelle image est donnée du père ? Pour répondre :
- relevez les références à la boisson ;
- analysez le comportement du personnage ;
- expliquez la métaphore utilisée pour qualifier les histoires que raconte le père (il « lâchait le robinet de ses plaisanteries », l. 19) : quel aspect du père met-elle en valeur ? En quoi est-elle adaptée au contexte ?

La visée et les hypothèses de lecture

10 **a.** En quoi cette scène marque-t-elle une rupture avec le reste de l'atmosphère du roman ?
b. Le voyage en Normandie constitue pour Duroy un retour aux sources. Est-il présenté comme un succès ou comme un échec ? Justifiez votre réponse.

11 Une opposition se fait jour entre les deux jeunes mariés. Quelle suite peut-elle laisser présager ?

Écrire

Une scène de repas

12 Vous participez à un repas de famille mais ce jour-là, rien ne vous plaît, ni le menu, ni les convives.
Faites le récit de ce repas. Vous ferez part en détail de vos sentiments et décrirez précisément, à l'aide de termes dépréciatifs, les comportements déplaisants et les plats détestables.

Extrait 15

« On ne l'appelait plus que Forestier. »

Les Du Roy (c'est ainsi que Maupassant orthographie désormais le nom de son héros) ont écourté leur séjour chez les parents de Georges et sont rentrés à Paris. Ils vivent dans l'appartement de Forestier, rue Fontaine, que Madeleine a conservé. Georges a repris ses activités de journaliste depuis quelques jours. C'est un lundi soir et, comme tous les lundis, le vieil ami de Madeleine, le comte de Vaudrec, est venu dîner. Après son départ, Madeleine annonce :

– Tu ne sais pas, nous avons à travailler, ce soir, avant de nous coucher. Je n'ai pas eu le temps de te parler de ça avant dîner, parce que Vaudrec est arrivé tout de suite. On m'a apporté des nouvelles graves, tantôt, des nouvelles du Maroc. C'est Laroche-Mathieu[1], le député, le futur ministre, qui me les a données. Il faut que nous fassions un grand article, un article à sensation. J'ai des faits et des chiffres. Nous allons nous mettre à la besogne immédiatement. Tiens, prends la lampe. Il la prit et ils passèrent dans le cabinet de travail.

Les mêmes livres s'alignaient dans la bibliothèque qui portait maintenant sur son faîte[2] les trois vases achetés au golfe Juan[3], par Forestier, la veille de son dernier jour. Sous la table, la chancelière[4] du mort attendait les pieds de Du Roy qui s'empara, après s'être assis, du porte-plume d'ivoire, un peu mâché au bout, par la dent de l'autre.

1. Voir extrait 10.
2. Au sommet.
3. À la veille de sa mort (voir extrait 12), Forestier, se sentant mieux, avait fait une excursion avec Madeleine et Georges et acheté des vases qu'il avait fait livrer chez lui.
4. Coussin garni intérieurement de fourrure, ouvert d'un côté et dans lequel on peut glisser les pieds pour les tenir au chaud.

Madeleine s'appuya à la cheminée, et ayant allumé une cigarette, elle raconta ses nouvelles, puis exposa ses idées, et le plan de l'article qu'elle rêvait.

Il l'écoutait avec attention, tout en griffonnant des notes ; et quand elle eut fini il souleva des objections[5], reprit la question, l'agrandit, développa à son tour non plus un plan d'article, mais un plan de campagne contre le ministère actuel. Cette attaque serait le début. Sa femme avait cessé de fumer, tant son intérêt s'éveillait, tant elle voyait large et loin en suivant la pensée de Georges.

– Elle murmurait de temps en temps : – Oui… oui… C'est très bon… C'est excellent… C'est très fort…

Et quand il eut achevé, à son tour, de parler :

– Maintenant écrivons, dit-elle.

Mais il avait toujours le début difficile et il cherchait ses mots avec peine. Alors elle vint doucement se pencher sur son épaule et elle se mit à lui souffler ses phrases tout bas, dans l'oreille.

De temps en temps elle hésitait et demandait :

– Est-ce bien ça que tu veux dire ?

Il répondait : – Oui, parfaitement. Elle avait des traits[6] piquants, des traits venimeux de femme pour blesser le chef du Conseil[7] ; et elle mêlait des railleries sur son visage à celles sur sa politique, d'une façon drôle qui faisait rire et saisissait en même temps par la justesse de l'observation.

Du Roy, parfois, ajoutait quelques lignes qui rendaient plus profonde et plus puissante la portée d'une attaque. Il savait en outre l'art des sous-entendus perfides[8], qu'il avait appris en aiguisant des échos ; et quand un fait donné pour certain

5. Arguments destinés à en réfuter, à en repousser d'autres.
6. Expressions caractéristiques destinées à se moquer, à railler.
7. Ou président du Conseil : chef du gouvernement sous la IIIe République.
8. Trompeurs, qui cherchent à nuire.

par Madeleine lui paraissait douteux ou compromettant, il excellait à le faire deviner et à l'imposer à l'esprit avec plus de force que s'il l'eût affirmé.

Quand leur article fut terminé, Georges le relut tout haut, en le déclamant. Ils le jugèrent admirable d'un commun accord et ils se souriaient, enchantés et surpris, comme s'ils venaient de se révéler l'un à l'autre. Ils se regardaient au fond des yeux, émus d'admiration et d'attendrissement; et ils s'embrassèrent avec élan, avec une ardeur d'amour communiquée de leurs esprits à leurs corps. Du Roy reprit la lampe:

– Et maintenant, dodo, dit-il avec un regard allumé.

Elle répondit:

– Passez, mon maître, puisque vous éclairez la route.

Il passa, et elle le suivit dans leur chambre en lui chatouillant le cou du bout du doigt, entre le col et les cheveux, pour le faire aller plus vite, car il redoutait cette caresse.

L'article parut sous la signature de Georges du Roy de Cantel, et fit grand bruit. On s'en émut à la Chambre[9]. Le père Walter en félicita l'auteur et le chargea de la rédaction politique de *La Vie Française*. Les Échos revinrent à Boisrenard.

Alors commença, dans le journal, une campagne habile et violente contre le ministère qui dirigeait les affaires. L'attaque, toujours adroite et nourrie de faits, tantôt ironique, tantôt sérieuse, parfois plaisante, parfois virulente[10] frappait avec une sûreté et une continuité dont tout le monde s'étonnait. Les autres feuilles citaient sans cesse *La Vie Française*, y coupaient des passages entiers, et les hommes du pouvoir s'informèrent si on ne pouvait pas bâillonner avec une préfecture[11] cet ennemi inconnu et acharné.

Du Roy devenait célèbre dans les groupes politiques. Il sentait grandir son influence à la pression des poignées de main

9. Chambre des députés.

10. Pleine d'agressivité (famille lexicale de *virus*).

11. Faire taire en le nommant préfet.

et à l'allure des coups de chapeau. Sa femme d'ailleurs l'emplissait de stupeur et d'admiration par l'ingéniosité de son esprit, l'habileté de ses informations et le nombre de ses connaissances.

À tout moment, il trouvait dans son salon, en rentrant chez lui, un sénateur, un député, un magistrat, un général, qui traitaient Madeleine en vieille amie, avec une familiarité sérieuse. Où avait-elle connu tous ces gens ? Dans le monde, disait-elle. Mais comment avait-elle su capter leur confiance et leur affection ? Il ne le comprenait pas.

– Ça ferait une rude diplomate[12], pensait-il.

Elle rentrait souvent en retard aux heures des repas, essoufflée, rouge, frémissante, et, avant même d'avoir ôté son voile, elle disait :

– J'en ai du nanan[13], aujourd'hui. Figure-toi que le ministre de la Justice vient de nommer deux magistrats qui ont fait partie des commissions mixtes[14]. Nous allons lui flanquer un abatage[15] dont il se souviendra.

Et on flanquait un abatage au ministre, et on lui en reflanquait un autre le lendemain et un troisième le jour suivant. Le député Laroche-Mathieu qui dînait rue Fontaine[16] tous les mardis, après le comte de Vaudrec qui commençait la semaine, serrait vigoureusement les mains de la femme et du mari avec des démonstrations de joie excessives. Il ne cessait de répéter :

– Cristi, quelle campagne. Si nous ne réussissons pas après ça ?

Il espérait bien réussir en effet à décrocher le portefeuille des affaires étrangères qu'il visait depuis longtemps.

12. Personne chargée de représenter son pays et de négocier avec les gouvernements étrangers.
13. Désigne des friandises au sens propre, et au sens figuré, quelque chose de très bon.
14. Tribunaux d'exception institués par le gouvernement issu du coup d'État du 2 décembre 1851. Madeleine va révéler le passé de ces deux magistrats pour ruiner leur réputation et celle du ministre de la Justice.
15. Critiquer, attaquer violemment (familier).
16. Désigne l'appartement des Du Roy situé rue Fontaine.

C'était un de ces hommes politiques à plusieurs faces, sans convictions[17], sans grands moyens, sans audace et sans connaissances sérieuses, avocat de province, joli homme de chef-lieu[18], gardant un équilibre de finaud[19] entre tous les partis extrêmes, sorte de jésuite[20] républicain et de champignon libéral[21] de nature douteuse, comme il en pousse par centaines sur le fumier populaire du suffrage universel.

Son machiavélisme[22] de village le faisait passer pour fort parmi ses collègues, parmi tous les déclassés et les avortés dont on fait des députés.

Il était assez soigné, assez correct, assez familier, assez aimable pour réussir. Il avait des succès dans le monde, dans la société mêlée, trouble et peu fine des hauts fonctionnaires du moment.

On disait partout de lui : « Laroche sera ministre », et il pensait aussi plus fermement que tous les autres que Laroche serait ministre.

Il était un des principaux actionnaires du journal du père Walter, son collègue et son associé en beaucoup d'affaires de finances.

Du Roy le soutenait avec confiance et avec des espérances confuses pour plus tard. Il ne faisait que continuer d'ailleurs l'œuvre commencée par Forestier, à qui Laroche-Mathieu avait promis la croix[23], quand serait venu le jour du triomphe. La décoration irait sur la poitrine du nouveau mari de Madeleine, voilà tout. Rien n'était changé, en somme.

17. Qui n'a pas de position politique définie.
18. Centre administratif, synonyme ici de petite ville.
19. Malin, qui dissimule de la ruse sous des apparences de bonhomie.
20. Au sens propre, ce terme désigne un membre d'un ordre religieux ; au sens figuré, c'est un synonyme d'hypocrite.
21. Qui défend les libertés individuelles ; associé à *champignon*, le terme devient péjoratif.
22. Exercice du pouvoir qui ne s'arrête à aucune considération morale.
23. Croix de la Légion d'honneur, qui récompense les services rendus à l'État (la décoration a en fait la forme d'une étoile).

On sentait si bien que rien n'était changé que les confrères de Du Roy lui montaient une scie[24] dont il commençait à se fâcher.

On ne l'appelait plus que Forestier.

Aussitôt qu'il arrivait au journal, quelqu'un criait :

– Dis donc, Forestier.

Il feignait de ne pas entendre et cherchait les lettres dans son casier. La voix reprenait, avec plus de force :

– Hé ! Forestier. Quelques rires étouffés couraient.

Comme Du Roy gagnait le bureau du directeur, celui qui l'avait appelé l'arrêtait :

– Oh ! pardon ; c'est à toi que je veux parler. C'est stupide, je te confonds toujours avec ce pauvre Charles. Cela tient à ce que tes articles ressemblent bigrement aux siens. Tout le monde s'y trompe.

Du Roy ne répondait rien, mais il rageait ; et une colère sourde naissait en lui contre le mort.

Le père Walter lui-même avait déclaré, alors qu'on s'étonnait de similitudes flagrantes de tournure et d'inspiration entre les chroniques du nouveau rédacteur politique et celles de l'ancien :

– Oui, c'est du Forestier, mais du Forestier plus nourri, plus nerveux, plus viril.

Une autre fois, Du Roy en ouvrant par hasard l'armoire aux bilboquets avait trouvé ceux de son prédécesseur avec un crêpe autour du manche, et le sien, celui dont il se servait quand il s'exerçait sous la direction de Saint-Potin, était orné d'une faveur rose. Tous avaient été rangés sur la même planche, par rang de taille ; et une pancarte, pareille à celle des musées, portait écrit : « Ancienne collection Forestier

24. Refrain, phrase souvent répétée qui devient exaspérante.

et Cie, Forestier Du Roy, successeur, breveté SGDG[25]. Articles inusables pouvant servir en toutes circonstances, même en voyage. »

Il referma l'armoire avec calme, en prononçant, assez haut pour être entendu : – Il y a des imbéciles et des envieux partout.

Mais il était blessé dans son orgueil, blessé dans sa vanité, cette vanité et cet orgueil ombrageux d'écrivain, qui produisent cette susceptibilité nerveuse toujours en éveil, égale chez le reporter et chez le poète génial.

Ce mot : « *Forestier* » déchirait son oreille ; il avait peur de l'entendre, et se sentait rougir en l'entendant.

Il était pour lui, ce nom, une raillerie mordante, plus qu'une raillerie, presque une insulte. Il lui criait : « C'est ta femme qui fait ta besogne comme elle faisait celle de l'autre. Tu ne serais rien sans elle. »

Il admettait parfaitement que Forestier n'eût rien été sans Madeleine ; mais quant à lui, allons donc !

Puis, rentré chez lui, l'obsession continuait. C'était la maison tout entière maintenant qui lui rappelait le mort, tout le mobilier, tous les bibelots, tout ce qu'il touchait. Il ne pensait guère à cela dans les premiers temps ; mais la scie montée par ses confrères avait fait en son esprit une sorte de plaie qu'un tas de riens inaperçus jusqu'ici envenimaient à présent.

Extrait de la deuxième partie, chapitre II.

Du Roy développe une forte « jalousie posthume » envers Charles Forestier. Il se met à harceler Madeleine en l'interrogeant sur les habitudes de son mari et en voulant lui faire avouer qu'elle l'a fait « cocu ». À partir de ce moment, les relations du couple se dégradent.

25. Sans Garantie Du Gouvernement. C'est le système de brevet français instauré depuis le milieu du XIXe siècle.

Repérer et analyser

Le parcours de Georges Duroy

Le couple Georges et Madeleine

1 Dans quel lieu le couple vit-il à Paris ? Quel personnage Duroy a-t-il remplacé à *La Vie Française* ? Quelles sont les activités professionnelles de Madeleine ?

2 **a.** Quel personnage apparaît comme dominant dans le couple ? Appuyez-vous sur le pronom personnel de la première personne et sur la présence des impératifs dans le paragraphe qui ouvre l'extrait.
b. Observez par la suite la répartition et la distribution des pronoms personnels qui désignent les personnages : nous, il, elle, ils (« – Tu ne sais pas [...] cette caresse. », l. 1 à 60). Quel type de relations cette répartition traduit-elle ?

3 Duroy, sans Madeleine, serait-il capable d'écrire un article à sensation ? A-t-il de l'aisance à l'oral ou à l'écrit ?

4 Quelles qualités Duroy reconnaît-il à sa femme (« Sa femme d'ailleurs [...] diplomate, pensait-il. », l. 76 à 86) ? Quelle part de mystère conserve-t-elle ?

L'entrée dans le monde politique

5 **a.** Quel est le sujet de l'article écrit par Madeleine et Georges ?
b. Pour le compte de quel personnage ont-ils écrit cet article ?
c. Contre qui font-ils campagne ? Relevez les termes qui montrent que cette campagne est « habile et violente » (l. 65-66).

6 **a.** Quelles sont les conséquences de cet article sur la carrière journalistique de Duroy ?
b. En vous appuyant sur le texte (« Les autres feuilles [...] ses connaissances. », l. 70 à 79), montrez que son influence politique grandit.
c. Quelles sont alors ses espérances (« Du Roy le soutenait [...] voilà tout. », l. 123 à 128) ? A-t-il réussi ce qu'il espérait à la fin de l'extrait 4 ?

Le thème du double

7 **a.** Relevez, dans l'ensemble de l'extrait, tous les éléments qui font qu'on peut considérer Duroy comme un autre Forestier : objets,

attitude des collègues journalistes, égards que lui témoignent Vaudrec et Laroche-Mathieu.

b. Duroy en souffre-t-il ? Justifiez votre réponse. En quoi se pense-t-il différent de Forestier ?

La construction du roman : la technique des scènes parallèles

Il arrive que certaines scènes soient reprises en écho au cours d'un roman ; elles se déroulent dans les mêmes lieux et en présence des mêmes personnages. Elles permettent de souligner des différences, des similitudes, une situation en évolution.

8 Comparez la scène de l'écriture de l'article (« – Tu ne sais pas [...] fit grand bruit. », l. 1 à 62) avec la scène retraçant l'écriture du premier article de Georges (extrait 5). Pour répondre, repérez les ressemblances et les différences : le cadre, le point de départ de l'article, le sujet, la signature, les activités respectives des deux personnages, leur position dans l'espace, l'état de leurs sentiments. En quoi y a-t-il évolution ?

9 Montrez qu'à la fin de l'extrait, la scène qui se déroule au journal (« Aussitôt qu'il arrivait au journal [...] envenimaient à présent. », l. 133 à 181) reprend des éléments de la scène de l'installation de Duroy en tant que chef des Échos (extrait 10). En quoi l'état d'esprit de Duroy est-il totalement différent ?

La satire de la politique

10 **a.** Dégagez la caricature que fait le narrateur du député Laroche-Mathieu en relevant les termes péjoratifs et les caractérisations négatives qui le dépeignent.

b. Quelles sont les ambitions de ce personnage ?

c. Expliquez la métaphore utilisée pour dépeindre Laroche-Mathieu et dénoncer le suffrage universel (« sorte [...] de champignon libéral de nature douteuse, comme il en pousse par centaines sur le fumier populaire du suffrage universel. », l. 107 à 109). En quoi cette métaphore est-elle dépréciative ?

La visée

11 Quelle image Maupassant donne-t-il de la politique ? Quel est le rôle de la presse dans la vie politique ?

12 Le couple de Georges et de Madeleine vous paraît-il constituer une bonne association professionnelle ? Quel déséquilibre apparaît-il cependant dans ce couple ? Quelle en est la raison ?

Se documenter

Le contexte politique

À la chute du second Empire, le 4 septembre 1870, la IIIe République est proclamée. De 1875 à 1899, ce sont les républicains modérés qui gouvernent.

Des lois importantes sont votées : liberté de la presse, de réunion et d'association, école primaire gratuite, laïque et obligatoire.

C'est une période de développement du capitalisme qui voit s'affronter les hommes politiques, les financiers, les journalistes. Pour assurer le développement économique, il est nécessaire de trouver de nouvelles sources de matière première et de nouveaux débouchés.

Après la conquête de l'Algérie (1830-1870), la France, sous l'impulsion de Jules Ferry, développe une politique de conquête en Asie et en Afrique. En particulier, après la mainmise d'hommes d'affaires français sur l'économie de la Tunisie, une expédition militaire est décidée et la Tunisie devient protectorat français en 1881. C'est de cette affaire que s'inspire Maupassant en la transposant au Maroc, qui ne devient protectorat français qu'en 1912.

Le rôle de la presse s'accroît : les journaux se développent, ils informent autant qu'ils manipulent l'opinion, mais ils contribuent aussi au développement de la littérature en publiant romans en feuilletons, nouvelles et chroniques d'auteurs comme Maupassant.

Extrait 16

« ... Laroche est ministre des affaires étrangères »

Du Roy impose à ses collègues de ne plus l'appeler Forestier. Il renoue avec Clotilde de Marelle et s'aperçoit que Laurine, par jalousie sans doute, ne lui adresse plus la parole et ne l'appelle que M. Forestier. Du Roy décide de séduire Mme Walter. Il va la voir chez elle et lui déclare son amour. Il obtient d'elle un premier rendez-vous à l'église de la Trinité. Mais, affolée, elle va se confesser et éloigne Du Roy. Il quitte l'église.

Le journaliste se trouvant libre, descendit à *La Vie Française*. Dès l'entrée, il vit, à la mine affairée des garçons, qu'il se passait des choses anormales, et il entra brusquement dans le cabinet du directeur.

Le père Walter, debout, nerveux, dictait un article par phrases hachées, donnait, entre deux alinéas[1], des missions à ses reporters qui l'entouraient, faisait des recommandations à Boisrenard, et décachetait des lettres.

Quand Du Roy entra, le patron poussa un cri de joie :

– Ah ! quelle chance, voilà Bel-Ami !

Il s'arrêta net, un peu confus, et s'excusa : – Je vous demande pardon de vous avoir appelé ainsi, je suis très troublé par les circonstances. Et puis, j'entends ma femme et mes filles vous nommer « Bel-Ami » du matin au soir, et je finis par en prendre moi-même l'habitude. Vous ne m'en voulez pas ?

Georges riait :

– Pas du tout. Ce surnom n'a rien qui me déplaise.

1. Paragraphes.

Bel-Ami, mis en scène par Willi Forst, 1939.
Aribert Wäscher dans le rôle de M. Walter.

Le père Walter reprit :

– Très bien, alors je vous baptise Bel-Ami, comme tout le monde. Eh bien ! voilà, nous avons de gros événements. Le ministère est tombé[2] sur un vote de trois cent dix voix contre cent deux. Nos vacances sont encore remises, remises aux calendes grecques[3], et nous voici au vingt-huit juillet. L'Espagne se fâche pour le Maroc, c'est ce qui a jeté bas Durand de l'Aine et ses acolytes[4]. Nous sommes dans le pétrin jusqu'au cou.

2. Il y a eu un vote des députés qui ont mis le gouvernement en minorité ; celui-ci a dû démissionner et il faut en former un autre.
3. Renvoyées à une date indéterminée (les calendes étaient le début du mois dans le calendrier latin et n'existaient pas dans le calendrier grec).
4. Compagnons, complices (péjoratif).

Marrot est chargé de former un nouveau cabinet[5]. Il prend le général Boutin d'Acre à la guerre et notre ami Laroche-Mathieu aux affaires étrangères. Il garde lui-même le portefeuille de l'intérieur, avec la présidence du Conseil. Nous allons devenir une feuille officieuse[6]. Je fais l'article de tête[7], une simple déclaration de principes, en traçant leur voie aux ministres.

Le bonhomme sourit et reprit :

– La voie qu'ils comptent suivre, bien entendu. Mais il me faudrait quelque chose d'intéressant sur la question du Maroc, une actualité, une chronique à effet, à sensation, je ne sais quoi ? Trouvez-moi ça, vous.

Du Roy réfléchit une seconde, puis répondit :

– J'ai votre affaire. Je vous donne une étude sur la situation politique de toute notre colonie africaine, avec la Tunisie à gauche, l'Algérie au milieu, et le Maroc à droite, l'histoire des races qui peuplent ce grand territoire, et le récit d'une excursion sur la frontière marocaine jusqu'à la grande oasis du Figuig où aucun Européen n'a pénétré et qui est la cause du conflit actuel. Ça vous va-t-il ?

Le père Walter s'écria : – Admirable ! Et quel titre ?

– *De Tunis à Tanger* ![8]

– Superbe.

Et Du Roy s'en alla fouiller dans la collection de *La Vie Française* pour retrouver son premier article : « Les Mémoires d'un chasseur d'Afrique », qui, débaptisé, retapé[9] et modifié, ferait admirablement l'affaire, d'un bout à l'autre, puisqu'il y était question de politique coloniale, de la population algérienne et d'une excursion dans la province d'Oran.

5. Ensemble des ministres ; nous dirions le gouvernement.
6. Journal représentant le gouvernement de façon non officielle.
7. Article au début du journal, le plus important.
8. Tunis, capitale de la Tunisie, à l'Est ; Tanger, sur le détroit de Gibraltar à l'Ouest.
9. Modifié en mieux, arrangé (familier).

En trois quarts d'heure, la chose fut refaite, rafistolée, mise au point, avec une saveur d'actualité, et des louanges pour le nouveau cabinet.

Le directeur, ayant lu l'article, déclara :

– C'est parfait… parfait… parfait… Vous êtes un homme précieux. Tous mes compliments.

Et Du Roy rentra dîner, enchanté de sa journée, malgré l'échec de la Trinité[10], car il sentait bien la partie gagnée.

Sa femme, fiévreuse, l'attendait. Elle s'écria en le voyant :

– Tu sais que Laroche est ministre des affaires étrangères.

– Oui, je viens même de faire un article sur l'Algérie à ce sujet.

– Quoi donc ?

– Tu le connais, le premier que nous ayons écrit ensemble : « Les Mémoires d'un chasseur d'Afrique », revu et corrigé pour la circonstance.

Elle sourit.

– Ah ! oui, mais ça va très bien.

Puis après avoir songé quelques instants :

– J'y pense, cette suite que tu devais faire alors, et que tu as… laissée en route. Nous pouvons nous y mettre à présent. Ça nous donnera une jolie série bien en situation.

Il répondit en s'asseyant devant son potage :

– Parfaitement. Rien ne s'y oppose plus, maintenant que ce cocu de Forestier est trépassé.

Elle répliqua vivement d'un ton sec, blessé :

– Cette plaisanterie est plus que déplacée, et je te prie d'y mettre un terme. Voilà trop longtemps qu'elle dure.

Il allait riposter avec ironie ; on lui apporta une dépêche[11] contenant cette seule phrase, sans signature : « J'avais perdu

10. L'église où Mme Walter lui avait donné rendez-vous (voir plan p. 14).
11. Un télégramme, seul moyen de communiquer rapidement à une époque où il n'y avait pas encore de téléphone.

la tête. Pardonnez-moi et venez demain, quatre heures, au parc Monceau[12]. »

Il comprit, et, le cœur tout à coup plein de joie, il dit à sa femme, en glissant le papier bleu dans sa poche :

– Je ne le ferai plus, ma chérie. C'est bête. Je le reconnais.

Et il commença à dîner.

Tout en mangeant il se répétait ces quelques mots :

« J'avais perdu la tête, pardonnez-moi, et venez demain, quatre heures, au parc Monceau. » Donc elle cédait. Cela voulait dire : « Je me rends, je suis à vous, où vous voudrez, quand vous voudrez. »

Il se mit à rire. Madeleine demanda :

– Qu'est-ce que tu as ?

– Pas grand'chose. Je pense à un curé que j'ai rencontré tantôt, et qui avait une bonne binette[13].

Du Roy arriva juste à l'heure au rendez-vous du lendemain. Sur tous les bancs du parc étaient assis des bourgeois accablés par la chaleur, et des bonnes nonchalantes qui semblaient rêver pendant que les enfants se roulaient dans le sable des chemins.

Il trouva Mme Walter dans la petite ruine antique où coule une source. Elle faisait le tour du cirque étroit de colonnettes[14], d'un air inquiet et malheureux.

Extrait de la deuxième partie, chapitre IV.

Il l'entraîne dans le petit appartement de la rue de Constantinople qu'il a gardé et elle devient sa maîtresse.

12. Voir plan p. 14.
13. Visage (familier) ; Du Roy parle du curé qui a confessé Mme Walter et qu'il a menacé d'une « paire de soufflets sur [son] vilain museau. »
14. Cet endroit existe toujours.

Repérer et analyser

La situation politique

1 Relevez l'indication qui permet de dater précisément l'épisode.

2 **a.** Quel événement politique vient de se produire ? Quel est le personnage qui est nommé ministre des affaires étrangères ?
b. Quelles attaches *La Vie Française* a-t-elle avec ce nouveau pouvoir ? Quel rôle Walter entend-il jouer ?

Le parcours de Georges Duroy

Ses relations avec le directeur

3 **a.** Relevez les indices qui montrent que Duroy a la faveur de Walter et de sa famille.
b. Que lui demande son directeur ? Comment réagit-il ?
c. Quelle opinion Walter a-t-il de lui en tant que journaliste ? Justifiez votre réponse. Sa situation au journal s'est-elle améliorée ?

Le chemin de l'autonomie

4 **a.** Montrez que Duroy a acquis de l'assurance quand il s'agit de faire un article : en combien de temps l'a-t-il écrit ? De quelle façon s'y est-il pris ? Quelle est la réaction de sa femme quand il lui apprend qu'il vient d'écrire un article ?
b. Relevez la phrase par laquelle il rappelle à sa femme qu'elle a trompé Forestier. Pour quelle raison lui dit-il cela ? Sur quel ton s'adresse-t-il à elle ou s'apprête-t-il à répondre ?
c. En quoi le contenu de la dépêche qu'il reçoit lui permet-il de prendre de la distance par rapport à sa femme ? Que traduit son rire à ce moment-là (« Il se mit à rire. », l. 96) ? Comment comprenez-vous l'explication qu'il donne à Madeleine (« Je pense à un curé… », l. 98) ?

Duroy et les femmes

5 Quelle est la nouvelle conquête de Duroy ? S'agit-il d'une femme « facile » ? Quel intérêt présente-t-elle pour lui ?

La visée

6 En quoi les relations de Duroy et de sa femme commencent-elles à prendre un autre tour ?

Extrait 17

« C'était une grosse affaire... »

Les Du Roy sont restés à Paris tout l'été à mener campagne en faveur du nouveau gouvernement. Début octobre, le jour de la rentrée du Parlement, Du Roy reçoit un télégramme de Virginie Walter. Il sort, « trop irrité pour travailler ».

Ils s'étaient vus souvent, dans les premiers temps, rue de Constantinople, mais Du Roy, qui redoutait une rencontre avec Mme de Marelle, trouvait mille prétextes maintenant pour se refuser à ces rendez-vous.

Il avait dû alors venir presque tous les jours chez elle, tantôt déjeuner, tantôt dîner. Elle lui serrait la main sous la table, lui tendait sa bouche derrière les portes.

Mais lui s'amusait surtout à jouer avec Suzanne qui l'égayait par ses drôleries. Dans son corps de poupée s'agitait un esprit agile et malin, imprévu et sournois, qui faisait toujours la parade[1] comme une marionnette de foire. Elle se moquait de tout et de tout le monde, avec un à-propos mordant[2]. Georges excitait sa verve[3], la poussait à l'ironie, et ils s'entendaient à merveille.

Elle l'appelait à tout instant :

– Écoutez, Bel-Ami. Venez ici, Bel-Ami.

Il quittait aussitôt la maman pour courir à la fillette qui lui murmurait quelque méchanceté dans l'oreille, et ils riaient de tout leur cœur.

Cependant, dégoûté de l'amour de la mère, il en arrivait à une insurmontable répugnance ; il ne pouvait plus la voir, ni

1. Déployait ses talents comme pour donner un spectacle.

2. Le sens de l'attaque juste et méchante.

3. Facilité d'expression.

l'entendre, ni penser à elle sans colère. Il cessa donc d'aller chez elle, de répondre à ses lettres et de céder à ses appels.

Elle comprit enfin qu'il ne l'aimait plus, et souffrit horriblement. Mais elle s'acharna, elle l'épia, le suivit, l'attendit dans un fiacre aux stores baissés, à la porte du journal, à la porte de sa maison, dans les rues où elle espérait qu'il passerait.

Il avait envie de la maltraiter, de l'injurier, de la frapper, de lui dire nettement :

« Zut, j'en ai assez, vous m'embêtez. » Mais il gardait toujours quelques ménagements, à cause de *La Vie Française* ; et il tâchait, à force de froideur, de duretés enveloppées d'égards et même de paroles rudes par moments, de lui faire comprendre qu'il fallait bien que cela finît.

Elle s'entêtait surtout à chercher des ruses pour l'attirer rue de Constantinople, et il tremblait sans cesse que les deux femmes ne se trouvassent, un jour, nez à nez à la porte.

Son affection pour Mme de Marelle, au contraire, avait grandi pendant l'été. Il l'appelait son « gamin », et décidément elle lui plaisait. Leurs deux natures avaient des crochets pareils ; ils étaient bien, l'un et l'autre, de la race aventureuse des vagabonds de la vie, de ces vagabonds mondains qui ressemblent fort, sans s'en douter, aux bohèmes[4] des grandes routes.

Ils avaient eu un été d'amour charmant, un été d'étudiants qui font la noce, s'échappant pour aller déjeuner ou dîner à Argenteuil, à Bougival, à Maisons, à Poissy[5], passant des heures dans un bateau à cueillir des fleurs le long des berges. Elle adorait les fritures[6] de Seine, les gibelottes[7] et les matelotes[8], les tonnelles des cabarets et les cris des canotiers[9]. Il aimait partir avec elle, par un jour clair, sur l'impériale[10] d'un

4. Aventuriers.
5. Villes en bordure de Seine, proches de Paris.
6. Plats de petits poissons frits.
7. Fricassées de lapin.
8. Plats de poissons accommodés avec du vin rouge et des oignons.
9. Amateurs de promenades en canot.
10. Partie supérieure d'un véhicule pouvant accueillir des voyageurs.

train de banlieue et traverser en disant des bêtises gaies, la vilaine campagne de Paris où bourgeonnent d'affreux chalets bourgeois.

Et quand il lui fallait rentrer pour dîner chez Mme Walter, il haïssait la vicille maîtresse acharnée, en souvenir de la jeune qu'il venait de quitter, et qui avait défloré ses désirs et moissonné son ardeur dans les herbes du bord de l'eau.

Il se croyait enfin à peu près délivré de la Patronne, à qui il avait exprimé d'une façon claire, presque brutale, sa résolution de rompre, quand il reçut au journal le télégramme l'appelant, à deux heures, rue de Constantinople.

Il le relisait en marchant : « Il faut absolument que je te parle aujourd'hui. C'est très grave, très grave. Attends-moi à deux heures rue de Constantinople. Je peux te rendre un grand service. Ton amie jusqu'à la mort. – Virginie. »

Il pensait : « Qu'est-ce qu'elle me veut encore, cette vieille chouette ? Je parie qu'elle n'a rien à me dire. Elle va me répéter qu'elle m'adore. Pourtant il faut voir. Elle parle d'une chose très grave et d'un grand service, c'est peut-être vrai. Et Clotilde qui vient à quatre heures. Il faut que j'expédie la première à trois heures au plus tard. Sacristi ! pourvu qu'elles ne se rencontrent pas. Quelles rosses[11] que les femmes ! »

Et il songea qu'en effet la sienne était la seule qui ne le tourmentait jamais. Elle vivait de son côté, et elle avait l'air de l'aimer beaucoup, aux heures destinées à l'amour, car elle n'admettait pas qu'on dérangeât l'ordre immuable[12] des occupations ordinaires de la vie.

Il allait, à pas lents, vers son logis de rendez-vous, s'excitant mentalement contre la Patronne :

– Ah ! je vais la recevoir d'une jolie façon si elle n'a rien à me dire. Le français de Cambronne[13] sera académique auprès

11. Personnes qui ne causent que du souci.
12. Qui ne peut pas connaître de changement.
13. Périphrase pour parler de vocabulaire grossier.

du mien. Je lui déclare que je ne fiche plus les pieds chez elle, d'abord.

Et il entra pour attendre Mme Walter.

Elle arriva presque aussitôt, et dès qu'elle l'eut aperçu :

– Ah ! tu as reçu ma dépêche ! Quelle chance !

Il avait pris un visage méchant :

– Parbleu, je l'ai trouvée au journal, au moment où je partais pour la Chambre. Qu'est-ce que tu me veux encore ?

Elle avait relevé sa voilette pour l'embrasser, et elle s'approchait avec un air craintif et soumis de chienne souvent battue.

– Comme tu es cruel pour moi... Comme tu me parles durement... Qu'est-ce que je t'ai fait ? Tu ne te figures pas comme je souffre par toi !

Il grogna : – Tu ne vas pas recommencer ?

Elle était debout tout près de lui, attendant un sourire, un geste pour se jeter dans ses bras.

Elle murmura : – Il ne fallait pas me prendre pour me traiter ainsi, il fallait me laisser sage et heureuse, comme j'étais. Te rappelles-tu ce que tu me disais dans l'église et comme tu m'as fait entrer de force dans cette maison. Et voilà maintenant comment tu me parles ! comment tu me reçois ! Mon Dieu ! mon Dieu ! que tu me fais mal !

Il frappa du pied, et, violemment :

– Ah ! mais, zut ! En voilà assez. Je ne peux pas te voir une minute sans entendre cette chanson-là. On dirait vraiment que je t'ai prise à douze ans et que tu étais ignorante comme un ange. Non, ma chère, rétablissons les faits, il n'y a pas eu détournement de mineure. Tu t'es donnée à moi, en plein âge de raison. Je t'en remercie, je t'en suis infiniment reconnaissant, mais je ne suis pas tenu d'être attaché à ta jupe jusqu'à la mort. Tu as un mari et j'ai une femme. Nous ne sommes libres ni l'un ni l'autre. Nous nous sommes offert un caprice, ni vu ni connu, c'est fini.

Elle dit: – Oh! que tu es brutal! que tu es grossier! que tu es infâme! Non, je n'étais plus une jeune fille, mais je n'avais jamais aimé, jamais failli[14]...

Il lui coupa la parole: – Tu me l'as déjà répété vingt fois, je le sais. Mais tu avais eu deux enfants... je ne t'ai donc pas déflorée...

Elle recula: – Oh! Georges, c'est indigne!...

Et portant ses deux mains à sa poitrine, elle commença à suffoquer, avec des sanglots qui lui montaient à la gorge.

Quand il vit les larmes arriver, il prit son chapeau sur le coin de la cheminée: – Ah! tu vas pleurer! Alors, bonsoir. C'est pour cette représentation-là que tu m'avais fait venir?

Elle fit un pas afin de lui barrer la route et, tirant vivement un mouchoir de sa poche, s'essuya les yeux d'un geste brusque. Sa voix s'affermit sous l'effort de sa volonté, et elle dit, interrompue par un chevrotement[15] de douleur:

– Non... je suis venue pour... pour te donner une nouvelle... une nouvelle politique... pour te donner le moyen de gagner cinquante mille francs... ou même plus... si tu veux.

Il demanda, adouci tout à coup: – Comment ça? Qu'est-ce que tu veux dire?

– J'ai surpris par hasard, hier soir, quelques mots de mon mari et de Laroche[16]. Ils ne se cachaient pas beaucoup devant moi, d'ailleurs. Mais Walter recommandait au ministre de ne pas te mettre dans le secret parce que tu dévoilerais tout.

Du Roy avait reposé son chapeau sur une chaise. Il attendait, très attentif.

– Alors, qu'est-ce qu'il y a?

– Ils vont s'emparer du Maroc!

– Allons donc. J'ai déjeuné avec Laroche qui m'a presque dicté les intentions du cabinet.

14. Fauté (je ne m'étais jamais laissé séduire).

15. Tremblement de la voix.

16. Laroche-Mathieu.

– Non, mon chéri, ils t'ont joué[17] parce qu'ils ont peur qu'on connaisse leur combinaison.

– Assieds-toi, dit Georges.

Et il s'assit lui-même sur un fauteuil. Alors elle attira par terre un petit tabouret, et s'accroupit dessus, entre les jambes du jeune homme. Elle reprit, d'une voix câline : – Comme je pense toujours à toi, je fais attention maintenant à tout ce qu'on chuchote autour de moi.

Et elle se mit, doucement, à lui expliquer comment elle avait deviné depuis quelque temps qu'on préparait quelque chose à son insu, qu'on se servait de lui en redoutant son concours.

Elle disait :

– Tu sais, quand on aime, on devient rusée.

Enfin, la veille, elle avait compris. C'était une grosse affaire, une très grosse affaire préparée dans l'ombre. Elle souriait maintenant, heureuse de son adresse ; elle s'exaltait, parlant en femme de financier, habituée à voir machiner[18] les coups de bourse, les évolutions des valeurs[19], les accès de hausse et de baisse ruinant en deux heures de spéculation des milliers de petits bourgeois, de petits rentiers, qui ont placé leurs économies sur des fonds garantis par des noms d'hommes honorés, respectés, hommes politiques ou hommes de banque.

Elle répétait : – Oh ! c'est très fort ce qu'ils ont fait. Très fort. C'est Walter qui a tout mené d'ailleurs, et il s'y entend. Vraiment, c'est de premier ordre.

Il s'impatientait de ces préparations.

– Voyons, dis vite.

– Eh bien ! voilà. L'expédition de Tanger[20] était décidée entre eux dès le jour où Laroche a pris les affaires étrangères ; et, peu à peu, ils ont racheté tout l'emprunt du Maroc[21] qui était

17. Trompé.
18. Organiser en secret et dans les détails.
19. Actions, titres cotés en bourse.
20. Maupassant situe à Tanger l'expédition qui avait été faite en réalité à Tunis en 1881.
21. Il s'agit de l'équivalent des sommes prêtées au bey de Tunis dans la réalité.

tombé à soixante-quatre ou cinq francs. Ils l'ont racheté très habilement, par le moyen d'agents suspects, véreux[22], qui n'éveillaient aucune méfiance. Ils ont roulé même les Rothschild, qui s'étonnaient de voir toujours demander du marocain[23]. On leur a répondu en nommant les intermédiaires, tous tarés[24], tous à la côte[25]. Ça a tranquillisé la grande banque. Et puis maintenant on va faire l'expédition, et dès que nous serons là-bas, l'État français garantira la dette. Nos amis auront gagné cinquante ou soixante millions. Tu comprends l'affaire, tu comprends aussi comme on a peur de tout le monde, peur de la moindre indiscrétion.

Elle avait appuyé sa tête sur le gilet du jeune homme, et les bras posés sur ses jambes, elle se serrait, se collait contre lui, sentant bien qu'elle l'intéressait à présent, prête à tout faire, à tout commettre, pour une caresse, pour un sourire.

Il demanda : – Tu es bien sûre ?

Elle répondit avec confiance : – Oh ! je crois bien !

Il déclara : – C'est très fort, en effet. Quant à ce salop[26] de Laroche, en voilà un que je repincerai. Oh ! le gredin ! qu'il prenne garde à lui !... qu'il prenne garde à lui... Sa carcasse de ministre me restera entre les doigts !

Puis il se remit à réfléchir, et il murmura : – Il faudrait pourtant profiter de ça.

– Tu peux encore acheter de l'emprunt[27], dit-elle. Il n'est qu'à soixante-douze francs.

Il reprit : – Oui, mais je n'ai pas d'argent disponible.

Elle leva les yeux vers lui, des yeux pleins de supplication.

– J'y ai pensé, mon chat, et si tu étais bien gentil, bien gentil, si tu m'aimais un peu, tu me laisserais t'en prêter.

22. Moralement corrompus, malhonnêtes.
23. Emprunt du Maroc.
24. Corrompus, malhonnêtes.
25. Sans ressources, sans argent (familier).
26. Autre orthographe pour salaud.
27. Voir note 21.

Il répondit brusquement, presque durement : – Quant à ça, non, par exemple.

Elle murmura, d'une voix implorante : – Écoute, il y a une chose que tu peux faire sans emprunter de l'argent. Je voulais en acheter pour dix mille francs de cet emprunt, moi, pour me créer une petite cassette[28]. Eh bien ! j'en prendrai pour vingt mille ! Tu te mets de moitié. Tu comprends bien que je ne vais pas rembourser ça à Walter. Il n'y a donc rien à payer pour le moment. Si ça réussit, tu gagnes soixante-dix mille francs. Si ça ne réussit pas, tu me devras dix mille francs que tu me payeras à ton gré.

Il dit encore :

– Non, je n'aime guère ces combinaisons-là.

Alors elle raisonna pour le décider, elle lui prouva qu'il engageait en réalité dix mille francs sur parole, qu'il courait des risques, par conséquent, qu'elle ne lui avançait rien puisque les déboursés[29] étaient faits par la Banque Walter.

Elle lui démontra, en outre, que c'était lui qui avait mené, dans *La Vie Française*, toute la campagne politique qui rendait possible cette affaire, qu'il serait bien naïf en n'en profitant pas.

Il hésitait encore. Elle ajouta :

– Mais songe donc qu'en réalité c'est Walter qui te les avance, ces dix mille francs, et que tu lui as rendu des services qui valent plus que ça.

– Eh bien ! soit, dit-il. Je me mets de moitié avec toi. Si nous perdons, je te rembourserai dix mille francs.

Elle fut si contente qu'elle se releva, saisit à deux mains sa tête et se mit à l'embrasser avidement[30].

Extrait de la deuxième partie, chapitre V.

28. Me procurer des revenus personnels.
29. Sommes avancées pour le compte de quelqu'un.
30. De manière ardente, passionnée.

Le soir, Du Roy apprend que le comte de Vaudrec est mourant. Il meurt en léguant sa fortune, un peu plus d'un million, à Madeleine. Selon la loi, Madeleine a besoin de l'autorisation de son mari pour accepter. Du Roy prend prétexte du scandale et de la rumeur possibles au sujet des relations entre Madeleine et le comte, pour exiger qu'elle partage cet héritage avec lui.

Edgar Degas (1834-1917) : *Portrait à la Bourse* (vers 1878-79), huile sur toile, musée d'Orsay, Paris.

Repérer et analyser

Le parcours de Georges Duroy

Ses relations avec les femmes

1 Quel est l'état des relations de Duroy avec Mme Walter ? En quoi cette relation a-t-elle évolué ?
Appuyez-vous notamment sur les termes qu'il utilise quand il s'adresse ou pense à elle.

2 Quelle est la femme que Duroy apprécie le plus durant cette période ? Pour quelles raisons ?

3 Rappelez qui est Suzanne. En vous appuyant sur le texte, montrez que Duroy s'intéresse à elle.

4 Quelle est la place de Madeleine dans la vie de Duroy ? Que lui apporte-t-elle ? Appuyez-vous sur le texte.

La scène entre Georges et Virginie Walter

5 **a.** Relevez la phrase qui ouvre la scène. Dans quel lieu cette scène se déroule-t-elle ?
b. Quel est l'état d'esprit de chacun des personnages au début de la scène ? En quoi leurs attentes sont-elles opposées ?

6 **a.** Au début de la scène, par quels arguments Duroy essaie-t-il de convaincre Mme Walter qu'il faut rompre ?
b. Sur quel ton lui parle-t-il ? Citez des exemples.
c. Quelle est la réaction de Mme Walter ? Appuyez-vous pour répondre sur un champ lexical.

7 **a.** Pour quelle raison et à partir de quelle ligne l'attitude de Duroy change-t-elle ? Comment se comporte-t-il avec sa maîtresse à partir de ce moment ?
b. Quelle nouvelle lui annonce-t-elle ?
c. Que lui propose-t-elle pour lui permettre de profiter de la manœuvre de son patron ? Précisez les arguments qu'elle utilise successivement pour le convaincre d'accepter. En quoi apparaît-elle tout à fait différente de ce qu'elle était au début de la scène ?
d. Duroy se laisse-t-il convaincre ? Quel est l'argument décisif ?

8 **a.** Montrez que la scène combine passages narratifs, paroles rapportées au style direct et récit de paroles (voir leçon p. 23). Donnez des exemples de ces trois formes de narration.
b. Quel est l'intérêt de ces choix narratifs ?

La situation politique

Le délit d'initiés

On parle de délit d'initiés lorsque des personnes qui sont dans le secret d'une affaire profitent des informations dont ils disposent pour faire un profit financier. M. Walter et le député Laroche-Mathieu commettent un délit d'initiés : ils ont racheté secrètement à bas prix les titres de l'emprunt du Maroc. Or ils savaient que ces titres allaient considérablement augmenter après l'intervention française au Maroc, dont ils étaient les seuls à savoir qu'elle aurait lieu.

9 **a.** À combien l'emprunt du Maroc est-il descendu ? Par qui Walter et sa « bande » font-ils racheter l'emprunt à bas prix ? Pour quelle raison se cachent-ils ?
b. Une fois l'expédition de Tanger accomplie et l'économie du Maroc sous contrôle français, le cours de l'emprunt va remonter. Quel bénéfice Walter et sa bande vont-ils faire ?
c. À combien l'emprunt se négocie-t-il quand Mme Walter vient voir Duroy ? Quel bénéfice lui promet-elle pour un achat de dix mille francs ?

La visée et les hypothèses de lecture

10 Que représentent les femmes pour Duroy à ce moment du roman ? Quelle image est ici donnée du personnage ?
11 En quoi Maupassant complète-t-il sa critique de la vie politique de son temps ?
12 Contre qui Duroy veut-il exercer une vengeance ? Pouvez-vous imaginer laquelle ?

Extrait 18

« Jésus marchant sur les flots »

L'affaire du Maroc a enrichi Walter d'une cinquantaine de millions. Il achète alors un magnifique hôtel particulier rue du Faubourg-Saint-Honoré. Il achète également pour cinq cent mille francs un grand tableau représentant le Christ marchant sur les flots et, le 30 décembre, il invite toute la bonne société parisienne à venir le contempler. Bien que furieux contre le patron, Du Roy se rend à l'invitation avec Madeleine. Ils entrent dans les magnifiques salons. Georges laisse Madeleine près de Mme Walter et se « perd […] au milieu du public. »

On le saisit par le bras et une voix jeune, une voix heureuse lui murmura dans l'oreille :

– Ah ! vous voilà enfin, méchant Bel-Ami. Pourquoi ne vous voit-on plus ?

C'était Suzanne Walter le regardant avec ses yeux d'émail[1] fin, sous le nuage frisé de ses cheveux blonds.

Il fut enchanté de la revoir et lui serra franchement la main. Puis s'excusant :

– Je n'ai pu. J'ai eu tant à faire, depuis deux mois, que je ne suis pas sorti.

Elle reprit d'un air sérieux :

– C'est mal, très mal, très mal. Vous nous faites beaucoup de peine, car nous vous adorons, maman et moi. Quant à moi, je ne puis me passer de vous. Si vous n'êtes pas là je m'ennuie

1. Vernis qui se solidifie après avoir été chauffé.

à mourir. Vous voyez que je vous le dis carrément pour que vous n'ayez plus le droit de disparaître comme ça. Donnez-moi le bras, je vais vous montrer moi-même « Jésus marchant sur les flots », c'est au fond, derrière la serre. Papa l'a mis là-bas afin qu'on soit obligé de passer partout. C'est étonnant comme il fait le paon, papa, avec cet hôtel.

Ils allaient doucement à travers la foule. On se retournait pour regarder ce beau garçon et cette ravissante poupée.

Un peintre connu prononça : – Tiens ! Voilà un joli couple. Il est amusant comme tout.

Georges pensait : – Si j'avais été vraiment fort, c'est celle-là que j'aurais épousée. C'était possible, pourtant. Comment n'y ai-je pas songé ? Comment me suis-je laissé aller à prendre l'autre ? Quelle folie ! On agit toujours trop vite, on ne réfléchit jamais assez.

Et l'envie, l'envie amère, lui tombait dans l'âme goutte à goutte, comme un fiel[2] qui corrompait toutes ses joies, rendait odieuse son existence.

Suzanne disait : – Oh ! venez souvent, Bel-Ami, nous ferons des folies maintenant que papa est si riche. Nous nous amuserons comme des toqués[3].

Il répondit, suivant toujours son idée : – Oh ! vous allez vous marier maintenant. Vous épouserez quelque beau prince, un peu ruiné, et nous ne nous verrons plus guère.

Elle s'écria avec franchise : – Oh ! non, pas encore, je veux quelqu'un qui me plaise, qui me plaise beaucoup, qui me plaise tout à fait. Je suis assez riche pour deux.

Il souriait d'un sourire ironique et hautain et il se mit à lui nommer les gens qui passaient, des gens très nobles, qui avaient vendu leurs titres rouillés à des filles de financiers comme elle,

2. Liquide amer, verdâtre, contenu dans la vésicule biliaire ; sentiment d'amertume.
3. Fous.

et qui vivaient maintenant près ou loin de leurs femmes, mais libres, impudents, connus et respectés.

Il conclut : – Je ne vous donne pas six mois pour vous laisser prendre à cet appât[4]-là. Vous serez madame la Marquise, madame la Duchesse ou madame la Princesse, et vous me regarderez de très haut, mam'zelle.

Elle s'indignait, lui tapait sur le bras avec son éventail, jurait qu'elle ne se marierait que selon son cœur.

Il ricanait : – Nous verrons bien, vous êtes trop riche.

Elle lui dit : – Mais vous aussi, vous avez eu un héritage.

Il fit un « Oh ! » de pitié : – Parlons-en. À peine vingt mille livres de rentes[5]. Ce n'est pas lourd par le temps présent.

– Mais votre femme a hérité également.

– Oui. Un million à nous deux. Quarante mille de revenu. Nous ne pouvons même pas avoir une voiture à nous avec ça.

Ils arrivaient au dernier salon, et, en face d'eux s'ouvrait la serre, un large jardin d'hiver plein de grands arbres des pays chauds abritant des massifs de fleurs rares. En entrant sous cette verdure sombre où la lumière glissait comme une ondée[6] d'argent, on respirait la fraîcheur tiède de la terre humide et un souffle lourd de parfums. C'était une étrange sensation douce, malsaine et charmante, de nature factice[7], énervante et molle. On marchait sur des tapis tout pareils à de la mousse entre deux épais massifs d'arbustes. Soudain Du Roy aperçut à sa gauche, sous un large dôme de palmiers, un vaste bassin de marbre blanc où l'on aurait pu se baigner et sur les bords duquel quatre grands cygnes en faïence de Delft[8] laissaient tomber l'eau de leurs becs entr'ouverts.

4. Ce qui attire.
5. Revenus en dehors du salaire.
6. Pluie soudaine et de courte durée (emploi au sens figuré, niveau de langage soutenu).
7. Artificielle.
8. Poterie de terre émaillée et décorée, fabriquée en Hollande au XVIIe siècle.

Le fond du bassin était sablé de poudre d'or et l'on voyait nager dedans quelques énormes poissons rouges, bizarres monstres chinois aux yeux saillants[9], aux écailles bordées de bleu, sortes de mandarins[10] des ondes[11] qui rappelaient, errants et suspendus ainsi sur ce fond d'or, les étranges broderies de là-bas.

Le journaliste s'arrêta le cœur battant. Il se disait : « Voilà, voilà du luxe. Voilà les maisons où il faut vivre. D'autres y sont parvenus. Pourquoi n'y arriverais-je point ? » Il songeait aux moyens, n'en trouvait pas sur-le-champ, et s'irritait de son impuissance.

Sa compagne ne parlait plus, un peu songeuse. Il la regarda de côté et il pensa encore une fois : « Il suffisait pourtant d'épouser cette petite marionnette de chair. »

Mais Suzanne tout d'un coup parut se réveiller : – Attention, dit-elle. Elle poussa Georges à travers un groupe qui barrait leur chemin, et le fit brusquement tourner à droite.

Au milieu d'un bosquet[12] de plantes singulières qui tendaient en l'air leurs feuilles tremblantes, ouvertes comme des mains aux doigts minces, on apercevait un homme immobile, debout sur la mer[13].

L'effet était surprenant. Le tableau, dont les côtés se trouvaient cachés dans les verdures mobiles, semblait un trou noir sur un lointain fantastique et saisissant.

Il fallait bien regarder pour comprendre. Le cadre coupait le milieu de la barque où se trouvaient les apôtres[14] à peine éclairés par les rayons obliqués d'une lanterne, dont l'un d'eux, assis sur le bordage[15], projetait toute la lumière sur Jésus qui s'en venait.

9. Qui sont en relief, qui dépassent.
10. Hauts fonctionnaires de l'empire chinois.
11. Eaux, flots.
12. Petit groupe d'arbres ou d'arbustes.
13. Maupassant a imaginé ce tableau d'après le tableau du peintre Mihaly Munkacsy, *Le Christ devant Pilate*.
14. Les douze compagnons du Christ
15. Planches recouvrant les poutres maintenant la quille d'un navire.

Le Christ avançait le pied sur une vague qu'on voyait se creuser, soumise, aplanie, caressante sous le pas divin qui la foulait. Tout était sombre autour de l'Homme-Dieu. Seules les étoiles brillaient au ciel.

Les figures des apôtres, dans la lueur vague du fanal[16] porté par celui qui montrait le Seigneur, paraissaient convulsées[17] par la surprise.

C'était bien là l'œuvre puissante et inattendue d'un maître, une de ces œuvres qui bouleversent la pensée et vous laissent du rêve pour des années.

Les gens qui regardaient cela demeuraient d'abord silencieux, puis s'en allaient, songeurs, et ne parlaient qu'ensuite de la valeur de la peinture.

Du Roy, l'ayant contemplée quelque temps, déclara : – C'est chic de pouvoir se payer ces bibelots-là. [...]

Au cours de la soirée, Du Roy constate que sa femme passe tout son temps avec Laroche ; il accepte de revenir dîner chez les Walter à condition que Mme Walter ne le considère plus que comme un ami et il fait promettre à Suzanne de ne pas se marier sans l'avoir consulté.

Grâce à l'intervention de Laroche, Du Roy reçoit la Légion d'honneur. Madeleine et lui vont dîner chez les Walter le 1er janvier. Après le repas, tous se retrouvent devant le tableau.

Walter, qui allait devant avec ses deux filles et Madeleine, attendit Du Roy auprès du « Jésus marchant sur les flots ».

– Figurez-vous, dit-il en riant, que j'ai trouvé hier ma femme à genoux devant ce tableau comme dans une chapelle. Elle faisait là ses dévotions[18]. Ce que j'ai ri !

16. Lanterne.
17. Déformées par des mouvements incontrôlés.
18. Pratiques religieuses, prières.

Mme Walter répliqua d'une voix ferme, d'une voix où vibrait une exaltation secrète : – C'est ce Christ-là qui sauvera mon âme. Il me donne du courage et de la force toutes les fois que je le regarde.

Et, s'arrêtant en face du Dieu debout sur la mer, elle murmura : – Comme il est beau ! Comme ils en ont peur et comme ils l'aiment, ces hommes ! Regardez donc sa tête, ses yeux, comme il est simple et surnaturel en même temps !

Suzanne s'écria : – Mais il vous ressemble, Bel-Ami. Je suis sûre qu'il vous ressemble. Si vous aviez des favoris, ou bien s'il était rasé, vous seriez tout pareils tous les deux. Oh ! mais c'est frappant !

Elle voulut qu'il se mît debout à côté du tableau ; et tout le monde reconnut en effet que les deux figures se ressemblaient !

Chacun s'étonna. Walter trouva la chose bien singulière[19]. Madeleine, en souriant, déclara que Jésus avait l'air plus viril.

Mme Walter demeurait immobile, contemplant d'un œil fixe le visage de son amant à côté du visage du Christ, et elle était devenue aussi blanche que ses cheveux blancs.

Extraits de la deuxième partie, chapitre VII.

19. Étonnante.

Repérer et analyser

Le cadre et les circonstances

1 **a.** Dans quel lieu les soirées du 30 décembre et du 1er janvier se déroulent-elles ?
b. Précisez à chaque fois les circonstances qui ont conduit à la soirée.

Le parcours de Georges Duroy

Les femmes, l'argent et le bonheur

2 **a.** À ce stade de son parcours, Duroy se sent-il heureux ? Justifiez votre réponse.
b. En citant le texte, montrez que :
- Duroy considère qu'il n'a pas encore assez d'argent. Appuyez-vous sur les sommes précises qu'il énonce ;
- son plus profond désir est d'accéder à la fortune des Walter.

3 **a.** Par quel moyen Duroy peut-il parvenir à acquérir la fortune qui lui manque ?
b. En quoi les déclarations de Suzanne à son égard l'encouragent-elles à former des projets précis ? Quel avenir Georges prédit-il à Suzanne ? Quelle est sa conception du mariage ?

4 **a.** Quelle image est ici donnée de Suzanne ?
b. Par quels termes Duroy désigne-t-il Suzanne quand il pense à elle ? Quels sont ses sentiments à son égard ?

La peinture d'un milieu : la bourgeoisie des affaires

Le rapport à l'art

5 **a.** Pour quelle raison Walter a-t-il acquis la toile « Jésus marchant sur les flots » ? Est-il sensible à l'art ?
b. De quelle façon a-t-il mis la toile en valeur ?

6 Duroy est-il lui-même connaisseur ? Appuyez-vous sur le commentaire qu'il fait du tableau.

7 Quel commentaire le narrateur fait-il de ce tableau ? S'agit-il d'un commentaire élogieux ?

La description de la serre et du bassin

8 Allitération et assonance

L'allitération est la répétition de sons consonnes, tandis que l'assonance est la répétition de sons voyelles. Elles visent toutes deux à produire un effet.
Exemple d'allitération en « s » : « Pour qui sont ces serpents qui sifflent sur vos têtes » (Racine).
Exemple d'assonance en « è » : « Lève, Jérusalem, lève ta tête altière » (Racine).

Relisez la description de la serre et du bassin aux poissons (l. 61 à 79). Quelle image le narrateur donne-t-il du lieu ? Appuyez-vous :
a. sur le lexique des sensations (visuelles, tactiles, olfactives), ainsi que sur le relevé des éléments qui contribuent à la richesse du lieu ;
b. sur les allitérations et assonances, notamment dans les expressions : « un souffle lourd de parfums », l. 66 ; « on marchait sur des tapis tout pareils à de la mousse, entre deux épais massifs d'arbustes. », l. 68 ; « aux yeux saillants, aux écailles bordées de bleu », l. 76 ;
c. sur les termes qui évoquent l'aspect factice du lieu.

9 Montrez que le lecteur découvre la richesse des lieux au rythme du déplacement de Duroy. Quel est l'effet produit ?

Le thème du double

10 **a.** Quelle est la scène représentée sur le tableau ?
b. Relevez les indications de lumière et d'ombre qui mettent le Christ en valeur.
c. Quelle remarque Suzanne fait-elle quand elle voit Duroy devant le tableau ? Comment Walter et Madeleine réagissent-ils devant cette ressemblance ?

11 **a.** Quels termes Mme Walter emploie-t-elle pour parler du Christ ? Ces termes s'appliquent-ils aussi à Duroy ? Que vient-elle chercher, en fait, lorsqu'elle vient se recueillir devant ce tableau ?
b. Comment Mme Walter réagit-elle devant la ressemblance déclarée entre son amant et le Christ ? Expliquez cette réaction.

La visée et les hypothèses de lecture

12 En quoi peut-on dire que Maupassant a une conception pessimiste des rapports humains ? Y a-t-il une place pour le véritable amour ?

13 Quel plan d'avenir Duroy peut-il maintenant élaborer ?

Extrait 19

« Je vous… je vous enlèverai. »

Durant l'hiver, Du Roy va souvent dîner chez les Walter. On parle de mariage pour Rose et Suzanne Walter. Du Roy dit à Suzanne qu'il l'aime et lui fait promettre de ne pas accepter le fiancé prévu. Fin mars, il tend un piège à Madeleine : il la surprend en flagrant délit d'adultère avec Laroche-Mathieu, ce qui lui permet de divorcer et de se venger de Laroche. En effet, son article va « jeter bas » le ministre. Walter est admiratif : « Il ira loin, le gredin. » Début juillet, la famille Walter décide de passer une journée à la campagne au bord de la Seine. Du Roy est de la partie. Après le déjeuner, tous partent en promenade.

Georges et Suzanne restèrent en arrière. Dès qu'ils furent écartés de quelques pas, il lui dit d'une voix basse et contenue :
– Suzanne, je vous adore. Je vous aime à en perdre la tête.

Elle murmura : – Moi aussi, Bel-Ami.

Il reprit : – Si je ne vous ai pas pour femme, je quitterai Paris, et ce pays.

Elle répondit : – Essayez donc de me demander à papa. Peut-être qu'il voudra bien.

Il eut un petit geste d'impatience : – Non, je vous le répète pour la dixième fois, c'est inutile. On me fermera la porte de votre maison ; on m'expulsera du journal ; et nous ne pourrons plus même nous voir. Voilà le joli résultat auquel je suis certain d'arriver par une demande en règle. On vous a promise au marquis de Cazolles[1]. On espère que vous finirez par dire : « Oui. » Et on attend.

1. C'est le mari choisi par M. et Mme Walter pour Suzanne.

Elle demanda : – Qu'est-ce qu'il faut faire alors ?

Il hésitait, la regardant de côté : – M'aimez-vous assez pour commettre une folie ?

Elle répondit résolument :

– Oui.

– Une grande folie ?

– Oui.

– La plus grande des folies ?

– Oui.

– Aurez-vous assez de courage pour braver votre père et votre mère ?

– Oui.

– Bien vrai ?

– Oui.

– Eh bien ! il y a un moyen, un seul ! Il faut que la chose vienne de vous, et pas de moi. Vous êtes une enfant gâtée ; on vous laisse tout dire, on ne s'étonnera pas trop d'une audace de plus de votre part. Écoutez donc. Ce soir, en rentrant, vous irez trouver votre maman d'abord, votre maman toute seule. Et vous lui avouerez que vous voulez m'épouser. Elle aura une grosse émotion et une grosse colère...

Suzanne l'interrompit : – Oh ! maman voudra bien.

Il reprit vivement : – Non. Vous ne la connaissez pas. Elle sera plus fâchée et plus furieuse que votre père. Vous verrez comme elle refusera. Mais vous tiendrez bon, vous ne céderez pas, vous répéterez que vous voulez m'épouser, moi seul, rien que moi. Le ferez-vous ?

– Je le ferai.

– Et en sortant de chez votre mère, vous direz la même chose à votre père, d'un air très sérieux et très décidé.

– Oui, oui. Et puis ?

– Et puis, c'est là que ça devient grave. Si vous êtes résolue, bien résolue, bien, bien, bien résolue à être ma femme, ma chère, chère petite Suzanne... Je vous... je vous enlèverai.

Elle eut une grande secousse de joie et faillit battre des mains. – Oh ! quel bonheur ! vous m'enlèverez ? Quand ça m'enlèverez-vous ?

Toute la vieille poésie des enlèvements nocturnes, des chaises de poste[2], des auberges, toutes les charmantes aventures des livres lui passèrent d'un coup dans l'esprit comme un songe enchanteur prêt à se réaliser. Elle répéta : – Quand ça, m'enlèverez-vous ?

Il répondit très bas : – Mais… ce soir… cette nuit.

Elle demanda, frémissante : – Et où irons-nous ?

– Ça, c'est mon secret. Réfléchissez à ce que vous faites. Songez bien qu'après cette fuite vous ne pourrez plus être que ma femme ! C'est le seul moyen, mais il est… il est très dangereux… pour vous.

Elle déclara : – Je suis décidée… où vous retrouverai-je ?

– Vous pouvez sortir de l'hôtel, toute seule ?

– Oui. Je sais ouvrir la petite porte.

– Eh bien ! quand le concierge sera couché, vers minuit, venez me rejoindre place de la Concorde. Vous me trouverez dans un fiacre arrêté en face du ministère de la Marine[3].

– J'irai.

– Bien vrai ?

– Bien vrai.

Il lui prit la main et la serra. – Oh ! que je vous aime ! Comme vous êtes bonne et brave ! Alors, vous ne voulez pas épouser M. de Cazolles.

– Oh ! non.

– Votre père s'est beaucoup fâché quand vous avez dit non ?

– Je crois bien, il voulait me remettre au couvent.

– Vous voyez qu'il est nécessaire d'être énergique.

– Je le serai.

2. Véhicules à deux ou quatre roues tirés par des chevaux.
3. Un des grands bâtiments construits par Gabriel qui font le coin de la place de la Concorde et de la rue Royale (voir plan p. 14).

Elle regardait le vaste horizon, la tête pleine de cette idée d'enlèvement. Elle irait plus loin que là-bas… avec lui !… Elle serait enlevée !… Elle était fière de ça ! Elle ne songeait guère à sa réputation, à ce qui pouvait lui arriver d'infâme[4]. Le savait-elle, même ? Le soupçonnait-elle ?

Mme Walter, se retournant, cria : – Mais viens donc, petite. Qu'est-ce que tu fais avec Bel-Ami ?

Ils rejoignirent les autres. On parlait des bains de mer[5] où on serait bientôt.

Puis, on revint par Chatou[6] pour ne pas refaire la même route.

Georges ne disait plus rien. Il songeait : donc, si cette petite avait un peu d'audace, il allait réussir, enfin ! Depuis trois mois il l'enveloppait dans l'irrésistible filet de sa tendresse. Il la séduisait, la captivait, la conquérait. Il s'était fait aimer par elle, comme il savait se faire aimer. Il avait cueilli sans peine son âme légère de poupée.

Extrait de la deuxième partie, chapitre IX.

4. Déshonorant et odieux.
5. La famille Walter a prévu de partir à Trouville, au bord de la Manche, le 15 juillet.
6. Une autre ville à quelques kilomètres de Paris, en bordure de Seine.

Repérer et analyser

La scène et la progression du dialogue

1 **a.** Dans quel cadre la scène se déroule-t-elle ? À quel moment de l'année et à quelle occasion la sortie a-t-elle été organisée ?
b. Qui sont les personnages présents ?

2 **a.** À la suite de quoi Georges et Suzanne se retrouvent-ils seuls ?
b. Pourquoi le dialogue entre les deux personnages s'interrompt-il ?

3 Quel est le plan de Duroy ? Montrez que c'est lui qui mène le jeu. Pour répondre :
a. dites par quelle déclaration il ouvre le dialogue ;
b. dites comment il s'y prend pour obtenir de Suzanne qu'elle s'enfuie avec lui. Appuyez-vous notamment sur les expressions répétées, les phrases de type impératif, l'emploi de l'indicatif futur.

Le point de vue

4 Relisez les trois passages où sont évoquées les pensées des personnages (l. 53 à 56, 82-83 et 92-93).
a. De quels personnages le narrateur rapporte-t-il les pensées ? Relevez les verbes ou les expressions qui les introduisent.
b. Lesquelles sont rapportées selon le point de vue interne ? selon le point de vue omniscient ? Justifiez (voir leçon p. 13).

Le parcours de Georges Duroy

Le séducteur cynique

Le cynisme consiste à mépriser délibérément les principes moraux.

5 **a.** En citant le texte, montrez que Duroy joue avec Suzanne la comédie des grands sentiments. Appuyez-vous notamment sur la première phrase de l'extrait. À quelles femmes a-t-il déjà fait ce genre de déclaration ? (Voir en particulier l'extrait 13.)
b. Montrez également que Duroy use de la flatterie pour arriver à ses fins. Quelles qualités de Suzanne prétend-il ainsi mettre en avant ?

6 Analysez les métaphores du dernier paragraphe. En quoi Suzanne apparaît-elle comme une proie ? S'agit-il d'une proie facile ?

7 Qu'en déduisez-vous sur la conduite de Duroy ? En quoi apparaît-elle comme de plus en plus cynique ?

Le calculateur et l'ambitieux

8 Pour quelle raison l'enlèvement de Suzanne apparaît-il à Duroy comme une solution sans faille pour se faire accepter des Walter ? Doit-il redouter Mme Walter ? Pour quelle raison ? Quant à M. Walter, préférera-t-il selon lui la mésalliance ou le déshonneur ?

9 Relevez, à la fin de l'extrait (à partir de la ligne 92), l'expression qui traduit l'immense ambition de Duroy. Qui lui sacrifie-t-il ?

Le personnage de Suzanne

10 Suzanne a-t-elle compris la nature des relations entre Georges et sa mère ? Justifiez votre réponse.

11 Montrez que Suzanne est une jeune fille innocente et romanesque. Pour répondre :

a. dites quel effet la proposition de Georges produit sur elle. Mesure-t-elle les risques de ce qu'il lui propose ?

b. dites combien de fois elle répète les mots « enlever, enlèvement ». Quel rôle ces mots jouent-ils sur l'état d'esprit de la jeune fille ?

La visée

12 En quoi cette scène est-elle importante pour l'action ?

13 Quelle image le narrateur donne-t-il de Duroy dans ce passage ?

Écrire

Rédiger au style direct et au style indirect

14 Suzanne rejoint Georges dans le fiacre ; il lui demande de raconter ce qui s'est passé avec sa mère, puis avec son père, puis sa fuite. Rédigez ce récit. Suzanne rapportera les propos de ses parents tantôt au style direct, tantôt au style indirect (voir p. 23).
Vous respecterez les données de l'extrait 19 et ce que vous connaissez des personnages.

Extrait 20

« ... la gloire des nouveaux époux. »

Suzanne réalise point par point ce que lui a demandé Du Roy. Une fois la disparition de la jeune fille constatée, Walter pense qu'il faut consentir au mariage le plus vite possible alors que Mme Walter, qui aime toujours Du Roy, ne peut l'accepter et fait une crise nerveuse devant le tableau du Christ. Finalement, le mariage est décidé et Bel-Ami ramène Suzanne chez ses parents. Début septembre, « La Vie Française *annonça que le baron Du Roy de Cantel devenait son rédacteur en chef.* » *Le mariage a lieu le 20 octobre à l'église de la Madeleine. Pendant que les invités emplissent l'église, Norbert de Varenne apprend à Rival que Madeleine vit dans le quartier Montmartre et qu'on lit dans* La Plume, *sous la signature d'un jeune journaliste, des articles ressemblant à ceux de Forestier et de Du Roy.*

On referma les grands battants de l'entrée, et, tout à coup, il fit sombre comme si on venait de mettre à la porte le soleil.

Maintenant Georges était agenouillé à côté de sa femme dans le chœur, en face de l'autel illuminé. Le nouvel évêque de Tanger[1], crosse[2] en main, mitre[3] en tête, apparut, sortant de la sacristie, pour les unir au nom de l'Éternel.

Il posa les questions d'usage, échangea les anneaux, prononça les paroles qui lient comme des chaînes, et il adressa aux nouveaux époux une allocution[4] chrétienne. Il parla

1. Il y a là un rappel de la colonisation du Maroc qui a permis à Walter de s'enrichir.
2. Long bâton à l'extrémité recourbée, emblème de la fonction d'évêque.
3. Coiffure de forme pyramidale, fendue par le milieu, que porte l'évêque.
4. Discours, sermon.

de la fidélité, longuement, en termes pompeux[5]. C'était un gros homme de grande taille, un de ces beaux prélats[6] chez qui le ventre est une majesté.

Un bruit de sanglots fit retourner quelques têtes. Mme Walter pleurait, la figure dans ses mains.

Elle avait dû céder. Qu'aurait-elle fait ? Mais depuis le jour où elle avait chassé de sa chambre sa fille revenue, en refusant de l'embrasser, depuis le jour où elle avait dit à voix très basse à Du Roy, qui la saluait avec cérémonie en reparaissant devant elle : – Vous êtes l'être le plus vil que je connaisse, ne me parlez jamais plus, car je ne vous répondrai point ! – elle souffrait une intolérable et inapaisable torture. Elle haïssait Suzanne d'une haine aiguë, faite de passion exaspérée et de jalousie déchirante, étrange jalousie de mère et de maîtresse, inavouable, féroce, brûlante comme une plaie vive.

Et voilà qu'un évêque les mariait, sa fille et son amant, dans une église, en face de deux mille personnes, et devant elle ! Et elle ne pouvait rien dire ! Elle ne pouvait pas empêcher cela ! Elle ne pouvait pas crier : « Mais il est à moi, cet homme, c'est mon amant. Cette union que vous bénissez est infâme. »

Plusieurs femmes, attendries, murmurèrent : – Comme la pauvre mère est émue.

L'évêque déclamait : – Vous êtes parmi les heureux de la terre, parmi les plus riches et les plus respectés. Vous, Monsieur, que votre talent élève au-dessus des autres, vous qui écrivez, qui enseignez, qui conseillez, qui dirigez le peuple, vous avez une belle mission à remplir, un bel exemple à donner…

Du Roy l'écoutait, ivre d'orgueil. Un prélat de l'Église romaine lui parlait ainsi, à lui. Et il sentait, derrière son dos, une foule, une foule illustre venue pour lui, et il semblait

5. Excessivement solennels, recherchés, grandiloquents (péjoratif).
6. Prêtres, dignitaires ecclésiastiques.

Le mariage de Bel-Ami.

qu'une force le poussait, le soulevait. Il devenait un des maîtres de la terre, lui, lui, le fils des deux pauvres paysans de Canteleu.

Il les vit tout à coup dans leur humble cabaret, au sommet de la côte, au-dessus de la grande vallée de Rouen, son père et sa mère, donnant à boire aux campagnards du pays. Il leur avait envoyé cinq mille francs en héritant du comte de Vaudrec. Il allait maintenant leur en envoyer cinquante mille : et ils achèteraient un petit bien. Ils seraient contents, heureux.

L'évêque avait terminé sa harangue[7]. Un prêtre vêtu d'une étole[8] dorée montait à l'autel. Et les orgues recommencèrent à célébrer la gloire des nouveaux époux.

Tantôt elles jetaient des clameurs prolongées, énormes, enflées comme des vagues, si sonores et si puissantes, qu'il semblait qu'elles dussent soulever et faire sauter le toit pour se répandre dans le ciel bleu. Leur bruit vibrant emplissait toute l'église, faisait frissonner la chair et les âmes. Puis tout à coup elles se calmaient ; et des notes fines, alertes, couraient dans l'air, effleuraient l'oreille comme des souffles légers ; c'étaient de petits chants gracieux, menus, sautillants, qui voletaient ainsi que des oiseaux ; et soudain, cette coquette musique s'élargissait de nouveau, redevenant effrayante de force et d'ampleur, comme si un grain de sable se métamorphosait en un monde.

Puis des voix humaines s'élevèrent, passèrent au-dessus des têtes inclinées. Vauri et Landeck, de l'Opéra, chantaient. L'encens répandait une odeur fine de benjoin[9], et sur l'autel le sacrifice divin s'accomplissait ; l'Homme-Dieu, à l'appel de son prêtre, descendait sur la terre pour consacrer le triomphe du baron Georges Du Roy.

7. Discours, allocution.
8. Bande d'étoffe portée par les prêtres autour du cou.
9. Substance résineuse aromatique d'odeur vanillée.

Bel-Ami, à genoux à côté de Suzanne, avait baissé le front. Il se sentait en ce moment presque croyant, presque religieux, plein de reconnaissance pour la divinité qui l'avait ainsi favorisé, qui le traitait avec ces égards. Et sans savoir au juste à qui il s'adressait, il la remerciait de son succès.

Lorsque l'office fut terminé, il se redressa, et, donnant le bras à sa femme, il passa dans la sacristie[10]. Alors commença l'interminable défilé des assistants. Georges, affolé de joie, se croyait un roi qu'un peuple venait acclamer. Il serrait des mains, balbutiait des mots qui ne signifiaient rien, saluait, répondait aux compliments : « Vous êtes bien aimable. »

Soudain il aperçut Mme de Marelle ; et le souvenir de tous les baisers qu'il lui avait donnés, qu'elle lui avait rendus, le souvenir de toutes leurs caresses, de ses gentillesses, du son de sa voix, du goût de ses lèvres, lui fit passer dans le sang le désir brusque de la reprendre.

Elle était jolie, élégante, avec son air gamin et ses yeux vifs. Georges pensait : « Quelle charmante maîtresse, tout de même. »

Elle s'approcha, un peu timide, un peu inquiète[11], et lui tendit la main. Il la reçut dans la sienne et la garda. Alors il sentit l'appel discret de ces doigts de femme, la douce pression qui pardonne et reprend. Et lui-même il la serrait, cette petite main, comme pour dire « je t'aime toujours, je suis à toi ! »

Leurs yeux se rencontrèrent, souriants, brillants, pleins d'amour. Elle murmura de sa voix gracieuse : – À bientôt, monsieur.

Il répondit gaiement : – À bientôt, madame.

Et elle s'éloigna.

10. Salle attenante à une église.
11. Leur dernier rendez-vous, quand Georges lui a annoncé son mariage, s'est très mal passé.

D'autres personnes se poussaient. La foule coulait devant lui comme un fleuve. Enfin elle s'éclaircit. Les derniers assistants partirent.

Georges reprit le bras de Suzanne pour retraverser l'église. Elle était pleine de monde, car chacun avait regagné sa place, afin de les voir passer ensemble. Il allait lentement lentement, d'un pas calme, la tête haute, les yeux fixés sur la grande baie ensoleillée de la porte. Il sentait sur sa peau courir de légers frissons, ces frissons froids que donnent les immenses bonheurs. Il ne voyait personne. Il ne pensait qu'à lui.

Lorsqu'il parvint sur le seuil, il aperçut la foule amassée, une foule noire, bruissante, venue là pour lui, pour lui Georges Du Roy. Le peuple de Paris le contemplait et l'enviait.

Puis, relevant les yeux, il découvrit là-bas, derrière la place de la Concorde, la Chambre des députés. Et il lui sembla qu'il allait faire un bond du portique[12] de la Madeleine au portique du Palais-Bourbon[13].

Il descendit avec lenteur les marches du haut perron entre deux haies de spectateurs. Mais il ne les voyait point; sa pensée maintenant revenait en arrière, et devant ses yeux éblouis par l'éclatant soleil flottait l'image de Mme de Marelle rajustant en face de la glace les petits cheveux frisés de ses tempes, toujours défaits au sortir du lit.

Extrait de la deuxième partie, chapitre X.

12. Galerie ouverte soutenue par des colonnes.
13. Bâtiment qui abrite la Chambre des députés, l'Assemblée nationale, dont la façade similaire à celle de la Madeleine est en face, de l'autre côté de la Seine.

Repérer et analyser

Le cadre et les symboles

1 **a.** Quelle est l'église choisie pour le mariage ? Sachant que c'est l'église de la haute société parisienne, que c'était le but de la promenade de Duroy au début du roman (extrait 1) et qu'un personnage porte ce prénom, montrez que ce choix est symbolique.
b. À quelle époque de l'année cette cérémonie se déroule-t-elle ? Quel temps fait-il ? Relevez le champ lexical de la lumière. Montrez qu'il y a là aussi une intention symbolique.

Le parcours de Georges Duroy

La réussite sociale et le bonheur

2 En combien de temps Duroy a-t-il accompli son extraordinaire ascension sociale ?

3 **a.** Duroy est « ivre d'orgueil » (l. 37). Relevez les expressions qui montrent qu'il vit les différentes étapes de la cérémonie comme uniquement destinées à le glorifier.
b. Relevez les expressions qui dépeignent son bonheur. De quelle nature est ce bonheur ? Pourquoi se sent-il « presque croyant, presque religieux » (l. 71) ?

4 Duroy « se croyait un roi qu'un peuple venait acclamer » (l. 77-78). Relevez les expressions qui montrent :
a. que la foule est nombreuse et se comporte comme si Duroy était un souverain ;
b. que Duroy se comporte lui-même comme un souverain.

5 Relevez le passage où Duroy pense à ses parents. En quoi cette évocation consacre-t-elle le chemin qu'il a parcouru ?

Les perspectives d'avenir

6 Que voit Duroy quand il sort de l'église (« Puis, relevant les yeux […] Palais-Bourbon. », 113 à 116) ? Quelle carrière lui est ouverte ?

Le cynisme

7 Montrez que la réussite du héros s'est faite sous le signe du cynisme et au prix d'un avilissement moral. Pour répondre :

a. rappelez quelles sont les deux maîtresses présentes à son mariage ;
b. relisez les passages concernant Mme de Marelle (« Soudain il aperçut Mme de Marelle [...] Et elle s'éloigna. », l. 81 à 99 ; « Il descendit [...] au sortir du lit. », l. 117 à 122). Relevez le lexique du désir amoureux. Les sentiments du personnage sont-ils en accord avec la cérémonie religieuse qui vient d'avoir lieu ?
c. recherchez à quelles occasions il est question de Suzanne à partir du moment où le mariage a eu lieu. Qu'en déduisez-vous sur la place qu'elle tiendra dans la vie de Duroy ?

Le personnage de Mme Walter

8 **a.** Repérez le passage consacré à Mme Walter. Selon quel point de vue est-il écrit ?
b. Pourquoi pleure-t-elle ? Relevez les expressions qui font de cette femme une malheureuse victime.
c. Comment les femmes de l'assistance interprètent-elles ces pleurs ?

9 Quels sont les sentiments de Mme Walter envers sa fille ? et envers Georges ? Appuyez-vous sur le texte. Vous montrerez à partir d'exemples que le narrateur alterne le point de vue omniscient et le point de vue interne pour rendre compte au lecteur de ses sentiments (voir leçon p. 13).

La peinture de la société fin de siècle

La cérémonie

10 Montrez que la cérémonie met en évidence la décadence de la société parisienne. Pour répondre :
a. relevez les différentes étapes de la cérémonie et montrez que tout est parfaitement organisé pour que cette cérémonie soit un véritable spectacle. La dimension religieuse est-elle présente ?
b. dites en quoi, par l'intermédiaire de l'évêque de Tanger, l'église joue un rôle dans l'hypocrisie ambiante ;
c. relisez le passage décrivant la musique des orgues (« Tantôt elles jetaient [...] en un monde. », l. 52 à 63). En quoi la musique participe-t-elle à la glorification de Duroy ? Appuyez-vous sur le lexique, les comparaisons, les métaphores (voir leçon p. 78).

La clôture du roman

Les dernières pages d'un roman réaliste constituent la clôture du roman et fixent le destin des protagonistes. La fin d'un roman peut être ouverte ou fermée. Elle est fermée si elle met un terme aux aventures des personnages et constitue un point terminal heureux ou malheureux (mariage, mort, etc.). Elle est ouverte si l'intrigue peut se poursuivre au-delà du texte et si le lecteur peut imaginer une suite possible.

Le dénouement

11 Cet extrait constitue le dénouement du roman. Sur quelles dernières notations le roman se termine-t-il ? Quel est le dernier mot du roman ? Quel est l'effet produit ?

12 La fin du roman est-elle ouverte ou fermée ? Justifiez votre réponse. Quelles sont les perspectives qui s'ouvrent devant Duroy (carrière et vie privée) ?

La comparaison début / fin

13 Comparez le final et l'ouverture, et montrez les effets de symétrie à partir des axes suivants : célébrité / anonymat de Duroy ; rôle de la foule ; argent ; femmes…

La visée

14 En quoi, à travers la cérémonie du mariage, Maupassant fait-il la critique d'un certain milieu parisien fin de siècle ? Quelles sont les valeurs de cette société ?

15 Quelle image est donnée de Duroy à la fin du roman ? Le héros a-t-il réussi son apprentissage ?

Débattre

Tout est-il permis pour réussir ?

16 Que pensez-vous des moyens mis en œuvre par Georges Duroy pour arriver à ses fins ? Quel pourrait être le réquisitoire de Madeleine contre lui ? Plus généralement, pensez-vous qu'on peut utiliser n'importe quels moyens pour réussir, ou qu'il y a des limites à observer ?

Questions de synthèse

Bel-Ami

Le narrateur et le point de vue

1 Définissez le statut du narrateur.

2 Montrez, à partir de quelques exemples, que le narrateur alterne point de vue omniscient et point de vue interne. Quel est l'intérêt de ces choix ?

La structure du roman

3 **a.** Combien le roman comporte-t-il de parties ? Quel événement important fait la charnière entre les deux parties ?
b. En quoi peut-on dire qu'il y a la fin d'une vie et le début d'une autre dans ce roman ?

Le roman d'apprentissage, la chronologie

4 Élaborez un tableau comportant par extrait les informations suivantes :

Extrait	1	2	3	4	...
Nombre de pages					
Indications temporelles	28 juin 1880				
Durée					
Lieu					
Événements					
Femmes					
Nom de Duroy					
Ressources financières					
Parcours professionnel					

5 **a.** Quelle est la situation financière, professionnelle et sentimentale de Duroy au début du roman ?
b. Quelle est-elle à la fin ?
c. Les dernières lignes mettent-elles un terme au destin de Duroy ?
6 Effectuez le portrait physique de Bel-Ami. En quoi son physique constitue-t-il pour lui un atout ?

Les personnages féminins et masculins

Les femmes

7 Étudiez les personnages de Madeleine Forestier, de Clotilde de Marelle, de Laurine, de Virginie Walter et de Suzanne Walter : physique, caractère, rapports avec Duroy…

Les hommes

8 Étudiez les personnages de Charles Forestier, de M. Walter et de Laroche-Mathieu : physique, caractère, rapports avec Duroy…

Le réalisme et la dimension satirique

9 Montrez que le parcours de Bel-Ami est inscrit dans l'histoire et la réalité sociale d'une époque.
10 Quels sont les éléments qui permettent à l'arrivisme de Bel-Ami de s'épanouir ? À travers cette ascension de Bel-Ami, quelles critiques Maupassant émet-il contre la société de son temps (monde de la presse, monde de la politique, absence de valeurs…) ?

La visée

11 Expliquez le titre du roman.
12 En quoi Maupassant fait-il preuve d'un certain pessimisme dans ce roman ?

Index des rubriques

Repérer et analyser

Écrire

Se documenter

Enquêter

Étudier la langue

Débattre

Table des illustrations

Iconographie : Hatier Illustration / Édith Garraud assistée de Chritine Charier

Cartographie : Eugénie Dumas

Graphisme : Mecano-Laurent Batard

Mise en page : Alinéa

Achevé d'imprimer par Black Print CPI Iberica S.L.U - Espagne - Dépot légal 74722-9/12 - juin 2017